백석-가난하고 외롭고 높고 쓸쓸하니

서연비람은 조선 시대 왕궁 내, 강론의 자리였던 서연(書筵)에서 강관(講官)이 왕세자에게 가르치던 경전의 요지를 수집하여 기록한 책(비람備覽)을 말합니다. 서연비람 출판사는 민주주의 국가의 주인인 시민들 역시 지속 가능한 과거와 현재, 미래의 이치를 깨우치고 체현해야 한다는 믿음으로 엄선한 도서를 발간합니다.

역사와 문학 비람북스 인물 시리즈

백석-가난하고 외롭고 높고 쓸쓸하니

초판 1쇄 2021년 01월 29일
지은이 김명철
편집주간 김종성
편집장 이상기

펴낸이 이은아
펴낸곳 서연비람
등록 2016년 6월 29일 제 2016-000147호
주소 서울시 강남구 도곡로 422, 5층
전화 02-563-5684
전자주소 birambooks@daum.net

ISBN 979-11-89171-30-7 44810
ISBN 979-11-89171-26-1 (세트)

값 9,800원

역사와 문학

바람북스 인물 시리즈

백석

가난하고 외롭고 높고 쓸쓸하니

김영철 지음

서연비람

차례

머리말

 2,000년대 한국에서 활동하고 있는 시인들이 제일 좋아하는 시인은 백석이다. 왜 그럴까. 그것은 아마도 그의 삶과 그의 시 사이에서 오는 괴리감을 느낄 수 없기 때문일 것이다. 이 소설은 일제강점기의 잔혹성이 극에 달하고 있던 1940년대 전후를 시대적 배경으로 하고 있다. 이 소설에는 혹독한 시기를 건너가야만 했던 백석 시인의 정신적, 물질적, 시대적 상황과 그에 맞서는 시인의 시 의식이 어떻게 맞물려지는지가 드러나 있다.

 흔히 백석의 시는 평북 방언이나 고어 등의 출현으로 인해 읽기가 좀 어렵다는 평가를 받는다. 이 소설에는 일제의 암흑기를 살았던 백석 시인의 구체적인 생활상과 그 시대에 대한 시인의 시대정신이 나타나 있다. 따라서 이 소설은 그의 시에 대한 감상과 이해에 있어서 그 폭을 넓히고 깊이를 더하는 데 도움이 될 수 있을 것이다.

 백석 시인이 일제강점기가 아닌 시대에 활동했다면 어떤 성과를 낳았을지 상상해본다. 그의 시가 세계적인 시가 되었을까, 참으로 위대한 시가 탄생되었을까, 우리는 거기서 인류의 이상을 발견할 수 있었을까. 그랬을 것이다. 그렇게 되지 못해 서럽고 비통하지만, 그의 시는 우리에게 새로운 희망이 되었을 것이다.

이 소설을 읽으면, 진정한 시인은 왜 가난하고 외롭고 쓸쓸한 것인지, 왜 진정한 시인은 높은 존재일 수밖에 없는 것인지 알게 될 것이다.

2020년 12월
화성의 노루터에서 저자 김명철

1부 가난하고

1. 국수

날은 몹시 추웠다. 여기는 벌써 겨울인 것 같았다. 하늘도 땅도 나무도 돌도 모두 움츠러들고 있었다. 우리나라에서 제일 춥다는 곳이라 어느 정도는 예상하고 있었지만 이렇게까지 추위가 몰려와 있을 줄은 몰랐다. 백석은 때 이른 외투를 입고 모자까지 눌러썼지만 잔뜩 찌푸린 하늘과 차가운 바람이, 이제는 가느다란 눈발까지 흩뿌리며, 뾰족한 쇠못처럼 몸의 빈틈을 파고들고 있었다. 몸과 마음이 무거웠다.

'목도리를 두르고 올 걸 그랬어. 이건 거의 겨울 추위야. 묘향산의 추위는 어릴 때부터 들어왔지만, 그 근처인데도 벌써부터 얼음이 얼다니.
여기서 개마고원이 멀지 않다 하더라도 이럴 줄은 몰랐어. 아직은 10월인데, 눈발까지 날리다니, 어, 정말 추운 걸.'

백석은 구시렁거리며 옷깃을 한껏 치켜세우고, 보이지 않을 정도로 머리를 앞섶에 깊이 파묻으며 걸어야만 했다.

스물여덟 살인 백석은 조선일보에서 운영하고 있던 잡지 〈여성〉의 편집 일을 그만두고 혼자서 평북 지방을 여행하고 있었다. 이렇게 평북 지방으로 여행을 하게 된 데에는 몇 가지 이유가 있었다. 제일 큰 이유는 정리하고 싶어서였다. 지금까지 살아온 과정을 되돌아보고 앞날을 다시 계획하고 싶었다.

지금 일제는 중일 전쟁을 치르느라 어떻게 해서든 조선 청년들을 징병하거나 징용하는데 혈안이 되어 있었고, 많은 문학인들은 알게 모르게 일제의 이런 정책에 호응하면서 징병을 선동하고 있는 상황이었다. 거기다가 창씨개명까지 강요하고 있었다.

백석은 이런 일들뿐만이 아니라 사랑하는 여인과의 갈등 때문에 경성에 머물러 있을 수가 없었다. 머리가 터질 것만 같았던 것이다.

백석은 이런 상황에 어떻게 대처해야 하는지, 어떤 삶의 방식을 결정해야 하는지 큰 갈림길에 서 있었다. 조선의 상황을 보면 멀리 만주로도 떠나고 싶은 심정이었으나, 내 나라 내 민족을 떠난다는 것이, 사랑하는 여인을 두고 그 멀리로 떠난다는 것이 그리 쉬운 일은 아니었다. 지금까지의 삶을 정리하고, 실행에 옮길 앞날을 계획하기 위한 여행이었는지라 백석의 몸과 마음은 돌덩이 같았다.

먼저 백석은 영변[1]을 가보기로 했다. 진달래꽃이라는 시. 그 시에 나오는 영변의 약산[2]을 보고 싶었기 때문이다. 수년 전쯤 존경하던 김소월 시인이 33세의 나이에 요절했다는 소식을 듣고 백석은 얼마나 가슴을 치며 아파했던가.

백석은 말로만 들어오던 오산 학교 선배 김소월 시인의 숨결을 느껴보고 싶었다. 비록 진달래꽃이 만개하는 계절은 아니었지만, 가을이기에 붉은 단풍들이 진달래꽃을 대신해줄 것으로도 기대했다. 이때가 아니면 영변에 올 기회가 다시는 없을 것 같은 생각도 들었다.

산골이라 그런지 날은 금세 어두워지기 시작했다. 묘향산 뒤쪽부터 어둠이 스멀스멀 기어 나오고 있었다. 백석의 지친 발걸음이 느려지고 있었을 때 뒤쪽에서 싸락싸락 낙엽 밟는 소리가 들렸다. 백석이 뒤돌아보니 새파랗게 얼어

---

1 영변 : 평안북도 영변은 우리 민족의 건국 신화인 단군 신화의 발상지였으며, 이곳 사람들은 일제에 저항하여 강인한 기질로 왕성한 독립운동을 전개하고 있었다.
2 약산 : 평북 영변군 영변면에 있는 김소월의 시 진달래꽃으로 유명해진 산. 높이 489m.

붉은 얼굴을 한 여자아이가 뒤에 바싹 붙어 걷고 있었다.

열 살이나 되었을까. 모자도 없이 새빨개진 귓바퀴가 그대로 드러나 있었고, 깡총하게 올라붙은 검정색 치맛자락은 정강이조차 가리지 못하고 있었다.

백석이 아이에게 말을 걸었다.

"얘야, 여기서 읍내까지는 얼마나 더 가면 되는 거냐."

"뎌기, 예서 멀디 안티요, 조금 더 가믄 개울이 나옵네다. 거만 건너믄 바로 마을이야요."

평북 정주가 고향인 백석에게 평북 사투리는 매우 정겨웠다. 백석은 아이가 가리키는 곳을 바라보았으나 어디가 어디인지 도통 가늠할 수가 없었다. 그보다도 백석은 아이의 손등으로 눈이 갔다. 갈라 터진 손등에서는 핏물이 돌고 있었다. 아이의 다른 손에는, 그 나이 또래의 아이가 들기에는 너무 무거워 보이는 보따리가 들려 있었다. 백석은 아이가 안쓰러워졌다.

"그 보따리 이리 주거라. 내가 들어줄 테니 나 좀 마을까지 안내해다오."

"괜티않습네다, 내래 들고 갈 수 잇시오."

아이는 백석보다 더 빠른 발걸음으로 백석을 지나쳐 가 버렸다. '원, 저런 녀석을 보았나.' 백석은 말동무도 하면서 마을의 분위기도 물어보고 싶었다. 어디 저녁거리로 김이 모락모락 나는 국수나 뭐 따끈한 감주 같은 것을 먹을 수 있는 곳도 알아보고 싶었다. 그러나 아이는 벌써 희끗희끗 날리는 눈발 속에 묻혀 시야에서 사라지고 있었고, 곧바로 짙어진 어둠도 한몫 거들어 그 아이의 뒷모습을 싹둑 잘라 가 버렸다.

'그나저나 저 아이는 이 늦은 시간에 어디를 다녀오는 것 일까.
부모가 있다면 저리 두지는 않았을 텐데, 고아인가.
하기야 부모가 있어도 아이를 식모로 맡긴다든지 아니면 어느 집에 팔기도 하는 세상이니.
언제까지 이래야 하는 걸까, 언제까지 사람이 사람을, 언 제까지 일제가 조선의 백성들을 착취해야 하는 걸까.
일본의 민족성은 왜 그토록 악하고 독한 것일까.
나는 뭐하고 있는가, 시인이랍시고.'

백석의 머릿속이 혼란스러워지기 시작했다. 태어나면서 부터 일제의 식민 지배를 받고 있는 조선이 이해되지 않았 다. 아버지로부터 조선이 식민지가 된 상황을 대충 들으며 자랐지만 백석은 도저히 이해할 수가 없었다.

　가난한 사람과 부유한 사람이 있듯이, 잘난 사람과 못난 사람이 있듯이, 나라도 국가도 민족도 강하거나 약한 경우 가 있겠지만, 그렇다고 강자가 약자를 괴롭히고 강압적으 로 지배하면서, 더 강해지려고 하는 것을 백석은 도무지 이 해할 수가 없었다. '저 아이도 누구네 집 식모이거나 아이 보는 애로 팔려 왔을지 몰라.'

　백석이 살짝 얼어붙은 개울을 지나니 저 멀리서 불빛이 보였다. 백석은 발걸음을 서둘렀다. 어서 국숫집이라도 찾 아 허기진 배를 채우며 쉬고 싶었다.

　지금 큰 도회지에는 전등이 들어와 있었으나, 아직 면 단 위까지는 여전히 호롱불이나 등잔불로 어둠을 밝히고 있었 다. 다만 면을 관할하는 일제의 주재소3는 예외였다. 그곳

---

3 주재소 : 일제 강점기에 순사가 머무르면서 사무를 맡아보던 경찰의 말단 기관.

만 발전기를 돌려 전깃불을 사용하고 있었다. 백석은 그 불빛을 보고 마을을 찾아왔던 것이다.

백석이 당도한 곳은 영변군 팔원(八院)면이었다. 여기까지는 아직 일반 서민들이 전기의 혜택을 받지 못하고 있었다. 이른 시간인데도 불구하고 마을에 불을 밝히고 있는 곳은 듬성듬성했다. 산골 마을이고 겨울 초입이라 그런지 해는 매우 짧았고, 해의 길이에 따라 생활하는 농사꾼들은 벌써 잠자리에 든 것 같았다.

마을에 도착한 백석은 천만다행이라고 생각했다. 주재소에서 멀지 않은 곳에 '주막'이란 글자를 앞에 붙인 초롱불4이 눈에 들어왔다. 저녁 먹거리도 찾지 못하고 잠잘 곳도 찾지 못한다면 큰 낭패를 보아야 할 것이기 때문이었다.

"주인장 계십니까?"

"뉘시오? 장사 끝낫쑤다래."

"멀리서 왔습니다, 저녁을 먹지 못했어요, 부탁드립니다."

"내래 초롱불 끄려고 막 나가려던 참이라요."

---

4 초롱불 : 초를 넣어 불을 밝혀 길을 비추거나 사람의 위치를 알리는 등.

주인이 방문을 열며 백석을 쳐다보았다. 50대 후반쯤으로 보이는 여인이었다. 주인은 백석의 외모를 보고 자기보다 한참이나 어리다는 것을 알아채고는 대뜸 반말을 하기 시작했다.

"어데서 오는 길이네? 눈을 덮어썼구만기래."
"예, 경성에서 오는 길입니다."
"경성? 어드러케 이 밤에?"
"예, 그렇게 되었습니다. 간단한 요기라도 할 수 없을까요?"
"밥은 없고 국수는 있다야."
"그것으로 충분합니다, 감사합니다."
"기타면 방으로 먼저 들어가라우. 내래 속히 한 그릇 끓여 올 테이까네."

백석은 국수를 좋아했다. 더욱이 이렇게 을씨년스럽고 추운 날에는 그 따끈한 국물이 아주 좋았다. 백석은 주인이 안내한 방으로 들어가기 전에 모자와 외투를 벗어 눈을 털어내고, 신발에 묻은 흙도 털어냈다. 그리고는 우물로 가서 손과 발과 얼굴을 씻었다.

사실 그는 결벽증5이 좀 있었다. 다른 사람들이 그의 이런 성격을 잘 알고 있었고, 백석 본인도 부인하지 않았다. 그는 더럽고 지저분한 것을 참아내지 못하는 성격이었다.

이 주인은 혼자서 사는 것 같았다. 이런 시대에 여자 혼자서 주막을 꾸려나가기란 여간 힘들지 않은 일일 것이다. 여주인이 무뚝뚝하고 거칠게 백석을 대하는 것은 그만큼 그녀가 험한 세월을 겪으며 살아왔다는 것을 증명하는 것이리라.

주막의 이런 분위기를 눈치챈 백석이었기에 여주인의 통명스러운 말투에도 그는 전혀 기분이 나쁘지 않았다. 오히려 정감이 느껴졌다. 게다가 주인의 나이가 백석의 어머니뻘은 되지 않겠는가.

주막은 마당에 멍석6을 깔고 손님을 받는 모양이었다. 두 개의 멍석이 마루 쪽으로 둘둘 말려 있었다. 마당 한가운데에는 흙으로 만든 장작 난로가 보이고, 그 양쪽으로 가마솥이 두 군데에 걸려 있었다. 그렇게 난로와 가마솥을 배치한 것은

---

5 결벽증 : 위생과 청결에 지나치게 집착하며, 더러운 것과의 접촉에 대한 과도한 불안과 두려움을 가지는 것.
6 멍석 : 곡식을 넣어 말리는 데 쓰는 짚으로 걸어 만든 자리.

멍석 위에서 밥을 먹는 손님들의 추위를 덜게 하려는 방책인 것 같았다. 따로 손님을 위한 방은 없는 것으로 보였다.

백석이 씻고 나서 들어간 방은 이 주인 혼자서 쓰는 방인 것 같았다. 벌써 이부자리가 펴져 있었다. 그는 한쪽으로 이불을 밀어 놓고 바람벽7에 등을 기대어 다리를 뻗었다. 방바닥은 따뜻했다. 허기만 좀 채워진다면 금세 코를 골며 나가떨어질 듯 피로가 몰려왔다.

상을 들고 들어온 주인은 백석이 경성에서 왔다는 말에 억센 평안도 사투리의 억양을 누그러뜨리며 말했다.

"반찬은 읎다야, 요즘 같은 때에는 손님들이 만티 않아서 반찬을 많이 맹글어노티 안티."

"괜찮아요, 국순데요 뭐. 반찬은 없어도 됩니다. 제가 제일 좋아하는 음식이 국숩니다."

"기래? 길타면 다행이다야."

주인이 들고 들어온 개다리소반8에는 김이 모락모락 올

---

7 바람벽 ; 집의 둘레 또는 방의 칸막이를 하기 위해 널빤지, 돌, 벽돌 등을 쌓고 흙이나 종이 따위를 발라 만든 벽.

8 개다리소반 : 상다리 모양이 개의 뒷다리처럼 구부러진 작은 밥상.

라오는 국수9와 동치미국이 놓여 있었다. 백석은 이렇게 희멀겋고 부드러우면서 수수하고 삼삼한 국수를 좋아했다. 거기다가 국수 가락 위에는 싱싱한 산꿩 고기도 몇 점 올라가 있었다. 백석은 육류를 그리 좋아하지는 않았지만 국수와 같이 먹는 꿩고기는 참으로 오랜만이었다.

백석은 국수 앞으로 바싹 다가앉았다.

"맛나게도 먹는구만기래, 보아하니 많이 배운 티가 나는데, 직업이 뭐이가?"

"정말 국수가 맛있네요. 저는 무슨 잡지사에서 일을 보다가 잠시 여행하는 중입니다."

"기래? 어뜩디 이런 산골에서는 보기 드문 신사 같다 했다. 잘생겼다야, 훤칠한 키에 오뚝한 콧날에 이목구비가 아주 미남이구만기래."

아닌 게 아니라 백석은 일본 유학에서 돌아와 경성에서 신문사 일을 할 때에도 여간 인기가 많았던 게 아니었다.

---

9 김이 모락모락 올라오는 국수 : 평안도에서 '국수'라 하면 보통 '냉면'을 일컫지만 추울 때에는 따뜻한 육수를 넣어 말아먹기도 한다.

그가 그 잘생긴 얼굴에 더블 버튼이 달린 연두색 양복을 입고, 머리를 뒤로 두툼하게 빗어 넘겨 광화문을 성큼성큼 걸어 다니면 쳐다보지 않는 이가 없었다. 그는 자타가 인정하는 조선 제일의 모던 보이였다.

백석은 밥을 먹으면서 다른 사람과 대화하는 것을 좋아하지 않았다. 그러나 여주인의 투박한 말투가 백석의 마음을 끌어당겼다. 적어도 누구를 속이거나 할 사람은 아닌 것 같았다. 백석은 영변의 생활 모습이나 서민들의 애환도 들어보고 싶었다. 게다가 백석은 당장 오늘 밤에 묵을 곳도 알아봐야만 했다.

백석은 배가 고팠지만 천천히 젓가락질을 하면서, 동치미에도 천천히 숟가락을 담그면서 주인에게 말을 걸었다.

"칭찬, 감사합니다, 이곳 영변은 살기가 좀 어떤가요?"

"내게도 아들이 하나 있다. 자네만큼 나이를 먹었는데 말이야, 그 갓나새끼래 몇 년 뎐에 금광에 가서 돈 벌어 온다고 나갔다가, 깜깜무소식이다. 아직까디 아무 소식도 없다야, 어데서 죽디 않고 살아가고 있갓디 한다. 자네를 보니까네 내래 아들 생각이 나는구만기래."

"아, 예, 그러신가요."

"여기는 가까운 구장이나 태천, 박천10 같은 데보다 훨씬 힘들다야. 많은 사람들이 벌써 살 곳을 찾아 만주나 간도로 떠나버렸디 안칸네. 영벤은 항일 독립 투쟁으로 유명하디 안칸? 일본 갓나새끼들이 눈깔에 불을 켜 댄다야, 독립군 잡겠다고 말이다. 그놈들이 되놈들과 전쟁을 시작한 뒤로는 더 심해뎠다. 왜놈 새끼들은 짐승만도 못해야. 그런 악다구니들이 세상에 어디 잇갓네, 천벌을 받을 끼야."

"예, 정말 지독한 놈들이지요."

"얼마 뎐엔 북신11에서 열다섯 살짜리 어린아를 개처럼 끌고 가서 심한 고문을 했디 안칸네, 무슨 비밀문서를 독립군에게 뎐달했다고. 그 독립군이 누군디 대라고, 월매나 고문이 심했던디 아가 정신줄을 놓뎌버리고 말았디, 베락을 맞아 죽을 놈들 아이가 말이다."

"어허, 그런 일이 있었던가요?"

"기나마 여기 팔원은 기래두 좀 괜찮은 편이다야. 주재소장이 일본 사람이디만 인간을 좀 아는 사람이라, 그케 모질디는 않디. 하기야 아무리 기래도 왜구는 왜구다. 일본은

---

10 태천, 박천 : 영변을 둘러싸고 있는 평북 지방들.
11 북신 : 평안북도 영변군에 있는 북신현면(北薪峴面)을 짧게 줄여 부른 말.

문명국, 조선은 야만국이라는 생각이디."

"예, 그런가요."

"일본 놈들이 고저 뎌뎡에 미쳐서리, 이번 갈에 그 아새끼들이 뺏어 간 우리 마을 곡식들을 생각하면 내래 치가 다 떨린다야. 갈 추수 뒤인데도 뒤주12가 텅텅 비었다. 이번 겨울을 어드러케 나느냐 말이다. 다 굶어 죽게 생겼디 안칸?"

"정말 큰일이네요."

"밥 먹는데 내래 안 좋은 소리만 했다야."

"아닙니다. 이곳 생활이 몹시 궁금하던 차였습니다."

"기래? 국물까지 고저 싹싹 마시라우, 여기 사람들은 없어서 못 먹는다야."

"아, 예, 예."

백석은 주인의 말이 끊어질까 봐 짧은 대답으로 맞장구를 치면서 그녀의 말을 계속 들었다. 그러다가 백석은 주인이 하는 말, 참으로 슬프고 가슴 아픈 이야기에 한숨을 쉬면서 젓가락을 놓으려 했다. 그러자 주인이 큰 소리로 다그

---

12 뒤주 : 쌀이나 보리와 같은 곡식을 담아 두기 위해 나무로 만든 궤짝.

친 것이다. 백석은 움찔하며 국수 국물은 물론 동치미 국물까지 후루룩 마셔버렸다.

백석은 주인의 몇 마디 말에 예상보다 살기가 훨씬 팍팍하다는 것을 알 수 있었다. 그렇다고 당장 백석 스스로 이 사람들을 위해서 할 수 있는 일이란 아무것도 없었다. 백석은 더욱더 마음이 무거워졌다.

주인은 백석이 숙소를 구하지 못했음을 미리 알아차리고 있다는 듯이 미소를 지으며 말을 이었다.

"기러티, 기케 비워야디, 그리고 잠잘 곳은 있네? 없으면 고저 여기서 자라우. 저쪽 건넌방에서 말이다야. 내래 좀 치워 놓을 테이까네 잠시 기다리라우."

"감사합니다. 아닌 게 아니라 어디 좀 눈을 붙일 곳이 있나 여쭈려던 참이었습니다, 큰 걱정을 덜었습니다."

"국수 분틀13이래 놓고 국수 가락 만드는 방이디만 하룻밤은 잘만 할 꺼이야, 멘발을 말리느라고 아궁이에 군불은 내내 미디근하게 때고 있엇스이까네."

---

13 국수 분틀 : 국수를 눌러 빼는 틀. 재래식에는 반죽을 넣는 분통과 그에 맞는 공이가 있어 누르면 국수 가닥이 빠져나오게 되어 있다.

"소반은 제가 들고 나가겠습니다."

"기래, 기러면 내다 노라우, 내래 건넌방에 좀 가 보갓서."

"밥상 내다 놓고 우물에 가서 좀 씻고 오겠습니다."

"가마솥에 따수운 물 있다야."

"괜찮습니다, 차가운 물이 좋습니다. 그런데 대문 밖의 초롱불 제가 끌까요."

"아 참, 기래, 그거이 좀 날래 끄라우."

밖에는 바람이 좀 잠잠해졌지만 여전히 가랑눈은 내리고 있었다. 백석은 나무 함지박에 쌓인 눈 위에 우물물을 쏟아부었다. 눈은 싸르르 녹아내렸다. 우물물이라서 그런지 그렇게 차갑게 느껴지지 않았다. 눈 녹은 물이라서 그런지 더 깨끗하게도 보였다.

백석이 씻고 나서 분틀이 있는 방에 들어와 보니, 한쪽 벽 쪽에 아직 덜 마른 면발이 면발 걸이에 길게 늘어져 걸려 있었다. 방은 조금 좁았지만 면발 냄새가 백석의 마음을 푸근하게 감싸주었다. 습습하고 독하지 않고 은근한 맛이 마치 조선 사람들의 마음을 닮은 것 같아서일까, 백석은 여름이고 겨울이고 이 국수가 좋았다.

백석은 한쪽에 잘 개켜 있는 요를 펴 깔고 몸을 길게

뻗어 누웠다. 바깥 아궁이에서 불을 지피는 소리가 났다. 방바닥이 차가울까 봐 설거지를 마친 주인이 아궁이에 불을 때는가 보다 생각하며 백석은 고마운 마음이 절로 일어났다.

2. 여우난골족

백석은 배도 부르고 많이 피곤했지만 쉽게 잠이 들지 않았다. 부엌과 아궁이에서 달그락거리는 소리가 나고, 푸쉭-푸쉬, 아궁이에 불 들이는 소리가 나자 백석은 어릴 적 명절날이 생각났다.

'설날에 나는 어머니와 아버지를 따라 언제나 큰집에 가고는 하였지.

그러면 거기에는 신리 고모와 고모의 딸 이녀와 작은이녀,

토산 고모와 고모의 딸 승녀와 아들 승동이,

큰골 고모와 또 그 고모의 딸 홍녀와 아들 홍동이와 작은 홍동이,

삼촌과 사촌 누이와 사촌 동생들이 그득하게들 안방에 모였었어.

안방에서는 새 옷 냄새가 나고,

인절미와 송구떡14과 콩가루차떡15의 맛있는 냄새가 났지.

우리 어린것들은 저녁을 먹고 나서,

외양간 밭마당에 딸린 배나무 동산에서 쥐잡이 놀이를
하고,

숨바꼭질도 하고,

꼬리잡기도 하고,

가마 타고 시집가는 놀이도 하고,

말 타고 장가가는 놀이도 하면서 밤이 깊도록 북적북적
놀았던 것이 꿈만 같아.

그러면 할머니가 부드러운 목소리로,

이제 그만 자야지, 내일 아침에 늦게 일어나면 아침밥 못
먹는다, 하시면

우리는 예, 대답만 하고는 또 윗방에 이불을 펴 놓고

조아질16하고

쌈방이17 굴리고

바리깨돌림18하고

---

14 송구떡 : 소나무의 껍질을 가루로 만들어서 만든 떡.

15 콩가루차떡 : 콩가루를 묻힌 찰떡.

16 조아질 : 공기놀이.

17 쌈방이 : 토속적인 풍물을 굴리면서 노는 것.

18 바람깨돌림 : 주발 뚜껑을 방바닥에 대고 두 손으로 돌려 누구 것이 더 오래
　도나 겨루는 놀이.

호박떼기19도 하고

제비손이구손이20도 하면서 놀았지.

그러면 이번에는 할아버지가 무서운 목소리로,

이놈들 이제 그만 자거라, 제일 늦게 잠자는 녀석은 불침을 맞을 줄 알아라!

그러면 우리는 후다닥 이불을 뒤집어쓰고 잠자는 척을 하며,

히득히득, 키득키득, 깔깔, 호호 하면서 잠을 청하고는 하였지.

입가에는 흐흐, 웃음을 머금고.

그렇게 잠이 들었는가 싶었는데 어느새 아침이 되면,

부엌의 샛문 틈으로 새우를 넣은 뭇국 끓이는 맛있는 냄새가 올라오고는 했었어.

아, 그리운 시절이야.

그런데 지금은 어떤가.

일제의 횡포가 점점 심해져서 이제는 친척들 사이도 멀

---

19 호박떼기 : 앞사람의 허리를 잡고 한 줄로 앉아서 하는 놀이.
20 제비손이구손이 : 여럿이 두 줄로 마주 앉아 서로 다리를 끼고 다리를 세며 부르는 놀이.

어져갈 만큼 살기가 어렵게 되었어.

서로 마음을 나누고 음식을 나누고 정을 나눌 만큼의 여유는커녕,

각자 살기도 어려운 세상이 되었어.

일본 사람들의 정신세계는 도대체 어떻게 된 것일까.

왜 사람들끼리 서로를 위해주는 마음이 없을까. 왜 그럴까 그들은.'

이런 생각을 하다가 백석은 또 몇 년 전, 그가 함흥의 영생 고등 보통학교에서 영어 선생으로 근무하고 있었던 때가 생각났다. 아까 주인이 한 말이 떠올랐던 것이다. 열다섯 살이라면 백석이 가르쳤던 영생 고보의 1학년이나 2학년쯤 되는 학생이리라. 그때 그 일이 이토록 생생하게 기억나는 것은, 그 일이 백석의 가슴 한편을 바윗덩이처럼 짓누르고 있었기 때문이다.

수업 시간이었는데, 백석의 눈에 학생들의 눈빛이 예전과 많이 달라 보였다. 뭔가 번득이는 듯한, 날카로운 듯한, 결심을 하고 있는 듯한, 비밀을 간직한 듯한 눈빛을 서로들 주고받고 있는 것이 아닌가. 떠드는 목소리들도 한층 낮아져 소곤소곤거렸고.

1929년에 항일 만세 시위운동이었던 광주 학생 운동을 기억하여, 매년 5월과 10월에는 전국에서 동시다발적인 만세 운동이 일어나고는 하였다. 영생 고보도 1930년도에 만세 운동에 동참하여 동맹 휴학을 하면서 학생들이 큰 고초를 겪었던 일이 있었다. 많은 학생들이 퇴학 처분과 무기정학을 받았던 것이다.

　　그러나 사실 퇴학이나 무기정학만 있었던 것은 아니었다. 그것은 일제의 언론 통제하에서 있었던 신문의 게재 내용일 뿐이었다. 일제의 폭력적인 시위 진압으로 사실은 얼마나 더 많은 학생들이 다치거나 죽었을지도 모르는 일이었다. 행방불명되었던 학생들이 한두 명이 아니지 않았는가.

　　그 참혹한 일을 기념하여 학생들이 또다시 무슨 계획을 꾸미고 있는 것 같았다. 사실, 학교 선생들은 학생들의 움직임에 대하여 이미 눈치를 채고 있었다. 매년 있었던 일이었고, 이번에는 일본이 중국과 벌이게 될 전쟁 준비로 인해서, 우리 조선의 백성들이 이전보다 훨씬 심해진 일제로부터의 탄압과 수탈을 당하고 있었기 때문이다. 항일 운동의 전통이 있는 학교의 학생들이 그냥 조용히 넘어갈 리가 없었고, 선생들은 학생들이 다칠까 봐 마음을 졸이고 있었다.

　　백석은 이러한 사정에 몹시 화가 나 있었다. 학생들의 만세 운동에 대해서가 아니라, 어린 학생들을 죽음의 자리로 몰아가는 시대가 그를 분노하게 하였던 것이다.

백석은 한 남학생을 교무실로 데려와 설득하려고 면담을 시도했다. 수업 시간에는 우렁우렁하는 우렁찬 목소리로 영어 문장을 읽고 영어 회화를 했던 백석이었으나, 교무실에서는 목소리를 한껏 낮췄다.

"너희들 충분히 이해한다. 그렇지만 너희들 목소리만으로 조선이 일제 식민지에서 벗어날 수 있는 것은 아니지 않느냐."

"하지만 선생님, 우리라도 이렇게나마 조선 독립에 힘을 보태야 하잖아요."

"그래, 뜻도 좋고 용기도 좋다만 그러다가 너희들이 다치면 결국 조선이 다치는 거야."

"저희들이 좀 다치는 것쯤은 충분히 참을 수 있어요. 일제의 악랄한 행동을 보세요. 남녀노소 가리지 않고 죽음으로 몰아가고 있어요. 중일 전쟁이 일어나면 조선 사람들을 총알받이로 마구 끌고 갈 거예요. 어떻게 그냥 잠자코만 있어요."

"그래도, 잘 참아야 한다. 그러다가 학교에서 공부는커녕 몸을 다쳐 생활도 못 할 정도가 되면 어떻게 되겠냐. 너희 아버지와 어머니의 걱정은 또 어떡하고."

"아버지, 어머니도 충분히 이해하실 거예요. 저희 부모님도 얼마 전에 무슨 세금을 내지 않았다고 혹독하게 당하셨거든요."

"나는 너희들이 더 열심히 공부해서 나중에 조선의 독립을 위해 무엇을 하는 것이 최선인지를 제대로 찾는 것이 더 바람직하다는 생각이다."

"선생님께서 말씀하시는 그 나중에는 아예 아무것도 할 수 없을지 몰라요. 이렇게 가다가는 조선은 사라지고 말 거예요."

백석은 계속해서 학생을 설득해보려 하였으나, 오히려 학생의 생각에 백석 자신이 끌려가고 있다는 느낌이 들 정도로 학생의 결심은 단단해보였다. 백석이 이번에는 한 여학생을 불러 다시 한번 설득을 시도해보았다.

"선생님, 선생님의 말씀은 잘 알겠어요. 선생님은 우리가 다치지 않기를 바라는 마음이시겠지요. 그러나 선생님, 유관순 열사를 생각해보세요. 우리는 그분을 통해서 일제에 대한 저항의 힘과 의미를 알게 되었어요. 조선 사람들이 모두 유관순 열사와 같은 마음을 먹는다면 조선은 벌써 해방되었을지도 몰라요. 선생님처럼 힘을 기르자, 무엇을 해야 조선의 독립에 가장 큰 보탬이 되는지 알아보기 위해 공부부터 하자, 독립이란 것이 그렇게 단순하게 이루어지는 것이 아니다, 이런 말씀들은 이제 그만하세요. 그런 말은 비겁한 지식인들이 흔히 하는 말이잖아요. 물론 저희는 잘 알아요, 선생님이 얼마나 우리를 소중하게 생각하고 계시는지요. 하지만 그냥 이러고 있으면 일제는 점점 더 우리 조선을 옥죌 거예요. 선생님, 한번만 모른 척해주세요, 부끄럽지 않은 학교 선생님들의 제자가 될게요. 선배님들의 부끄럽지 않은 후배가 되고 싶어요."

백석은 더 이상 말을 이어가기가 어려웠다. 특히 '비겁한 지식인'이라는 말이 그의 가슴팍을 퍽, 때리는 듯 아파왔다.

백석도 어릴 때부터 피식민지 백성이라는 것이 얼마나 비참한 일이라는 것을 잘 알고 있었다. 비록 백석이 태어나기 전부터 조선은 일제의 식민 지배를 받고 있었지만, 그것이 얼마나 서럽고 서글픈 일인지, 얼마나 슬프고 가슴 아픈 일인지 너무도 잘 알고 있었다.

백석은 자라면서 가족과 친척들과 마을 사람들이 서로를 위해 돕고, 있는 것 없는 것 서로 나누고, 서로의 마음을 헤아려주고 하는 것이 점점 사라져 가고 있다는 것을 느낄 수 있었다. 그것의 가장 큰 이유는 일제의 조선 사람들에 대한 탄압 때문이라는 것도 어렴풋이 알게 되었다.

그러나 백석은 그렇다고 해서 자신이 직접 독립투사가 될 생각은 엄두가 나지 않았다. 우선 그는 태생적으로 폭력을 싫어하는 사람이었다. 폭력을 행하든 폭력을 당하든 그는 무조건 폭력이 싫었다.

그는 길가에 피어 있는 박꽃과 오리와 망아지와 토끼를 사랑하는 사람이었다. 당나귀와 노루와 병아리와 땅강아지를 사랑하는 사람이었다. 백석은 사람이 서로를 사랑하기 위해 태어났다는 것을 태생적으로 알고 있는 사람이었다.

그래서 백석에게는 '비겁한 지식인'이라는 말이 언제나 가슴을 찌르는 칼끝처럼 느껴졌다. 그렇지만 그런 말이 들려올 때마다 백석은 생각했다.

'반드시 내가 제일 잘할 수 있는 일을 하리라. 내가 사람들을 위해 제일 잘할 수 있는 일, 그것은 시로써 '조선적인 것'을 드러내는 것, 조선적인 것을 높게 드러내어 그것이 세계적인 것이 될 수 있도록 하는 일, 가장 아름다운 시를 쓰리라. 가장 높고 귀한 조선적인 시를 쓰리라.'

백석이 이런저런 생각에 잠겨 있을 때, 아궁이의 온기가 백석이 누워 있는 구들장21까지 올라오기 시작했는지, 백석의 등허리가 따듯해졌고, 그는 곧 잠에 빠져들었다. 밖에는 밤새 가랑눈이 내렸다 그치기를 반복하고, 백석은 꿈을 꾸는지 잠든 채 얼굴의 표정이 수시로 바뀌고 있었다.

처음에는 백석의 얼굴에 미소가 번졌다.

'연자간22의 풍경은 평화롭다.
달빛에 비친 풍구23도 얼룩소도 족제비
대들보 위에 베틀도 차일24도 씨아25도 모두들 편안하다.
보습도 쇠스랑도 모두 편안히들 쉬고 있다.'

---

21 구들장 : 방고래 위에 덮어 바닥을 만드는 얇고 널찍한 돌.
22 연자간 : 연자방아로 곡식을 찧는 방앗간.
23 풍구 : 곡물에 섞인 쭉정이, 겨, 먼지 따위를 날려서 제거하는 데 쓰이는 농기구.
24 차일 : 햇볕을 가리기 위하여 치는 장막.
25 씨아 : 목화의 씨를 빼는 기구.

그러다가 이번에는 백석의 얼굴이 슬픔으로 가득 찼다.

'아버지가 오리 덫을 놓으려 논둑길을 따라 저 멀리로 내려가고,
어린 백석은 아버지를 따라가다가 어미 잃은 새끼 오리를 발견하고는,
뒤뚱뒤뚱하다가 논바닥에 부리를 박는 새끼 오리를 발견하고는,
백석도 뒤뚱뒤뚱 그 새끼 오리를 따라가면서 까알까알 우는 오리 울음소리를 듣다가,
어디서 메에, 하는 소리에 뒤를 돌아본다.
어미 잃은 망아지가 슬픈 눈망울로 백석을 쳐다보고,
백석은 망아지의 머리에 손을 올려 쓰다듬으며 같이 슬퍼하고,
망아지의 잔등에 올라앉은 뱁새도 슬피 울고.'

그런데 어찌 된 일인지 갑자기 백석의 얼굴이 딱딱하게 굳었다.

'새끼 거미가 방바닥에 놓여 있다.

어미 거미가 새끼 거미에게로 다가온다.
아비 거미가 새끼 거미에게로 다가온다.
무지막지한 구둣발이,
어미 거미와 아비 거미를 짓뭉갠다.
이번에는 구둣발이 새끼 거미를 향한…….'

3. 팔원

"날래 일어나라우! 해가 똥구녁까디 떴디 안캇네!"

주인이 소리치는 바람에 백석은 악! 하고 깨어났다. 꿈속에서 새끼 거미가 밟히려는 순간이었다. 순간적으로 백석은 새끼 거미가 밟히는 장면을 보지 않은 것이 천만다행이라고 생각했다. '왜 그런 꿈을 꾸었을까.' 백석은 잠시 누운 채 지난밤의 꿈을 되새겨 보았다.

'연자간의 평화에서, 어미 잃은 동물들의 슬픔과 그것을 슬퍼하는 나를 지나, 거미 가족의 비극을 보았다. 무슨 뜻일까. 하지만 일어나라고 소리친 주인 덕분에 새끼 거미는 아직 죽지 않았다! 무슨 의미일까.'

문창호지에 비치는 바깥은 아직 어슴푸레했다. 이제 막 해가 뜨려는 순간이었다. 어릴 때 어머니도 그랬다. 아직 해가 온전히 뜨려면 멀었는데 어머니도 늘 그랬다. '날래

일어나라우! 해가 똥구녁까지 떴디 안캇네!'

백석이 일어나 밖으로 나가 보니 마당에 눈이 얇게 쌓여 있었다. 백석은 어릴 때부터 이 새하얀 눈이 참 좋았다. 온 세상이 이렇게 깨끗하면 얼마나 좋을까, 사람들의 마음씨도 이렇게 깨끗하면 얼마나 좋을까.

백석은 이번에도 함지박26에 쌓여 있는 눈을 털어내지 않고 우물물을 부어 얼굴을 씻었다. 정신이 맑아졌다.

백석은 주인이 차려 준 간단한 아침밥을 먹고 서둘러 일어섰다. 갈 길이 멀었기 때문이다. 백석은 약산에 올랐다가 북신으로 갈 예정이었다. 우선 약산까지 가는 길도 쉽지 않을 것 같았다. 운 좋게 승합차라도 얻어 타면 모를까, 해지기 전에 도착할 수 있을지가 걱정이었다.

"맛있는 국수와 따뜻한 아침밥까지, 정말 감사합니다."

"잘 먹고 잘 쉬었는디 모르갔다야, 몸 조심하라우. 어데로 갈 꺼네?"

"예, 약산에 올라보려 합니다."

---

26 함지박 : 통나무의 속을 파서 큰 바가지같이 만든 그릇.

"거기는 봄에 가야 좃티, 봄에 가면 딘달래가 온 산을 벌 겋게 물들이디 안칸."

"예, 그렇지만 봄에는 제가 시간이 나질 않을 것 같아서요. 내년에는 어디서 어떻게 살는지도 모르겠어요. 어쩌면 멀리 떠날 것도 같아서요."

"길쿠나야, 딘달래가 피었다 생각하고 갔다 오라우, 단풍이 많이 떨어뎠겠디만 아직은 붉은 기가 좀 남아 있을 꺼이다. 그거이 딘달래꽃이라 생각하라우, 약산 동대27에는 이맘때쯤에 바람이 몹시 불디. 옷 단단히 입고 가라우. 마침 날씨가 좋으니끼니 괜티않을 것도 같디만서두."

"예, 알겠습니다. 그리고 숙식비를 드려야 할 텐데요."

"숙식비? 기딴 소리 하지 말라우. 아들 같은 사람한테 어드러케 숙식비를 받갓네. 내래 기래두 살 만하디 안칸. 여행하다가 내보다 더 어려운 주막에 들르면 두 배로 갚아 주라우. 기카구 이거이 가져가라우, 주먹밥이다야. 가다가, 아니믄 산에 올라가서 먹으라우."

"아이고, 주먹밥까지 마련해 주시고, 이거 어떻게 감사를

---

27 약산 동대 : 약산의 봉우리를 중심으로 약 5m쯤 높은 곳에 주위 20여 미터 정도의 반석이 마치 둥근 맷방석처럼 앉혀 있는 곳.

드려야 할지.”

“내래 아들 같아서 그러디 안칸네. 그 갓나래 어데서 배나 곯고 있디는 않은디 모르갓다야.”

주인은 주먹밥 꾸러미를 백석에게 내밀고는 이내 부엌으로 들어가 버렸다. 아마도 아들 생각에 눈물을 훔치고 있으리라.

사실 백석도 여행비가 넉넉한 것은 아니었다. 여기로 오면서 고향에 계시는 부모님께 들렀다가, 최소한의 여비만 남기고 모두 부모님께 용돈으로 드렸던 것이다. 거기다가 주먹밥까지. 백석은 주인의 마음 씀씀이에, 부엌을 향해 정중하게 인사를 하며 마음속으로 주인의 건강과 복을 빌어 주는 것으로 감사의 마음을 전했다.

백석이 약산으로 발걸음을 옮기며 주재소를 막 지나치려 할 때였다. 승합차 한 대가 주재소 앞에 놓여 있었다. 그런데 어제 이곳으로 오면서 만났던 그 여자아이 같은 아이가 승합차에 오르고 있는 것이 아닌가. 어제는 어슴푸레해서 아이의 용모를 제대로 알아내지 못했기 때문에 그 아이가 맞는지 아닌지는 긴가민가했다.

아이는 진진초록 새 저고리를 입고 있었다. 어제 만났던 아이와 마찬가지로 손잔등이 밭고랑처럼 몹시도 터진 채였다. 승합차 기사에게 물어보니 아이는 자성[28]으로 간다고 했다. 자성이면 여기서 북쪽으로 삼백오십 리를 가야 했다. 중강진 바로 밑에 있으니 조선에서 제일 추운 곳이다. 가는 길에 있는 묘향산 어디쯤에서 아이의 삼촌이 오기로 했단다.

승합차의 유리창에 입김이 서리처럼 얼어서 차 안이 잘 보이지 않았지만, 아이는 분명 흐느껴 울고 있을 것만 같았다. 주재소장인지 한 사람의 일본 남자와 눈물을 훔치고 있는 어린아이 둘이서 배웅을 하고 있었다.

이 아이는 아마도 몇 년 간은 이 주재소장 집에서 밥도 짓도 걸레를 빨고 했을 것이다. 또 아기를 돌보아주기도 했을 것이다. 이렇게 추운 아침에도 손발이 차갑게 얼어서 아기의 똥걸레도 빨고, 주재소장의 거친 외투도 빨고 했을 것이다.

아이는 어머니와 아버지 없이 자랐을 것이다. 부모는 아

---

28 자성 : 평안북도 북단에 있는 지명, 바로 위에 한반도에서 가장 춥다는 중강진이 있다.

이를 버리고 각자 흩어져 돈 벌러 어디 멀리로 떠났을 것이다. 셋이 같이 살면 모두 굶어 죽는다고 각자 살길을 찾아 나섰을 것이다. 이 어린것을 주재소장 집에 버렸을 것이다. 아이를 버렸을 것이다.

백석은 가슴 한복판에서 울컥 치밀어 오르는 것을 느꼈다. 가슴 깊이에서 얼음장이 깨지는 듯한 소리도 들리는 것 같았다. 왜 이렇게 인간은 슬퍼야 하는가. 왜 이렇게 인간은 안쓰럽고 서러워야만 하는가.

2부. 외롭고

4. 통영

　행운도 이런 행운이 없었다. 팔원면 주재소를 지나 한 시간쯤이나 걸었을까, 신작로의 흙먼지를 일으키며 승합차 한 대가 길을 가던 방향으로 다가오고 있었다. 백석은 온몸으로 막아서며 차를 세웠다. 그런데 마침 승합차도 약산으로 향하는 길이었다. 차 안에는 젊은 처녀 한 명과 노인이 따로 떨어져 앉아 타고 있었다.

　얼굴에 난 수염이 장비처럼 투박하게 뻗친 승합차 기사가 백석에게 말을 걸어왔다. 뒷거울로 젊은 처녀를 흘끔거리면서.

　"기런데 약산은 와 가시는 기오?"

　"예, 약산 동대 구경 좀 하려구요."

　"약산 동대는 봄에 가야디 안쏘?"

　"봄철에는 제가 시간이 나질 않아서요."

　"이거이 혹시, 실연당한 거 아니오?"

　"예?"

"뎨 철이 아닐 때 거기래 올라가는 사람들은 실연당한 자들이 많디 안캇소. 동대 북쪽이 낭떠러디인데 얼마 뎐에 한 처녀가 거기서리 몸을 던졌다 하오. 그깟 연애에 좀 실패했다고 죽는 놈들을 보면 내래 차라리 잘 죽었다 생각도 하오. 기케 죽는 거이 뎌만 생각하는 거디 안캇소. 인간이 어드러케 혼자 살갓소. 다 부모가 있고 형제가 있고, 일가친척이래 있고, 없으면 친구라도 있을 꺼 아니갓소. 지만 죽으면 남아 있는 인간은 어드러케 살갓소."

"아, 그런가요. 저는 그런 게 아니라……."

"뭐이가, 진달래꽃이라는 시가 있다나 뭐라나, 그 시 때문에 거기서리 죽는다고들 하디 안캇소, 뭐, 아니면 됏쑤다. 오늘 날씨가 기가 막힙니다래, 이런 날씨는 만티 안쏘."

승합차 기사는 거기까지 말을 하고 약산에 도착할 때까지 일절 말이 없었다. 백석도 더 이상 말을 걸지 않았고, 뒷자리 합승자들도 묵묵히 차에 몸을 맡기고만 있었다.

승합차가 약산 입구에 도착했을 때 백석은 2원의 차비를 내밀었는데, 그것은 백석 시집 『사슴』한 권의 값이었다. 기사는 50전을 거슬러 주었다. 이 승합차 기사는 이렇게 여기저기 다니면서 손님을 태우고 차비를 받으며 생활하고 있는 것 같았다.

시간이 많이 절약되었기 때문에 백석의 마음은 느긋했다. 기사가 말했듯이 날씨는 구름 한 점, 바람 한 점도 없었다. 하늘은 높을 대로 높고 푸르렀으며, 산자락에는 아직 남아 있는 단풍이 마지막 빛을 발하고 있었다. 여기저기서 알록달록한 다람쥐들이 산밤인지 도토리인지를 주워 들고, 입을 빠르게 놀려 까먹고 있었다. 백석은 초겨울 산의 정취를 만끽하며 천천히 동대로 향했다.

사실 백석도 실연의 와중에 있었다. 그러나 그가 약산에 오르려 했던 것은 김소월 시인을 추모하고 그의 시심을 마음속에 담고 싶은 생각이 컸기 때문이었다. 그런데 승합차 기사의 말이 백석의 마음을 결국 그의 연인 쪽으로 돌려놓고야 말았다. 백석은 산길을 오르며 '란'이라는 여자를 떠올리지 않을 수 없었다.

'란'은 백석이 일본 유학에서 돌아와 조선일보 출판부에서 일을 하고 있던 때, 그의 절친한 친구인 허준의 결혼식 때 알게 된 사람이었다. 그때 백석의 또 다른 친구인 신현중이 백석에게 이 처녀를 소개해주고 싶어서, 그가 미리부터 은밀하게 계획해 둔 결혼식 축하 자리를 열었다. '란'은 그 자리에 다른 친구들과 함께 참석했다. 고향이 경상도 통영이라고 했다.

신현중이 처음 만나는 사람들 사이의 분위기를 부드럽게 하기 위하여 우스갯소리를 할 때, 그녀는 다른 이들이 박장대소를 하며 웃음을 터뜨리는 것과는 달리, 말없이 다소곳이 앉아 입가에 얇은 미소만 띠고 있었다.

'란'은 백석이 바라는 여인상에 거의 완벽하게 일치하는 듯했다. 그렇게 화려하지도 않고 그렇다고 턱없이 초라한 얼굴도 아닌, 소박하고 담백한 여자. 키도 역시 그렇게 작지도 않고 크지도 않은 여자. 뚱뚱하지도 않고 빼빼 마르지도 않은 여자. 눈이 크지도 작지도, 입이 크지도 작지도, 코도 크지도 작지도 않은 여자. 당돌하지도 소극적이지도 않은 여자. 자기의 말을 하기보다는 다른 사람의 말을 더 들어주는 여자. 가난을 두려워하지 않는 여자. 인간을 사랑하는 여자. 박꽃과 오리와 멧새 소리를 사랑하는 여자. 부모님을 공경할 줄 아는 여자. 백석이 쓰는 시를 나름대로 감상할 줄 아는 여자. 물론 지극히 조선적인 여자. 바로 그런 여자!

바로 그럴 것 같은 여자가 그때 백석과 마주 앉아 있었던 것이다!

백석은 첫눈에 '란'을 보고 정신을 차릴 수가 없었다. 신현중의 얘기도, 다른 이들의 웃음소리도, 음식도 술도 들어오지 않았다. 눈에도 귀에도 입에도 모두 들어오지 않았다. 그저 '란'이라는 여자의 자태와 미소만이 백석의 마음을 차지하고 있었다.

본래 백석은 이런 자리에서 이렇게 소심한 사람이 아니었다. 백석은 모던 보이였고 멋쟁이였다. 목소리까지 다른 남자들이 부러워하는 사람이었고, 그 멋스러움으로 좌중의 주인공이 되고는 하는 사람이었다. 그러나 이 자리에서는 백석의 입이 떨어지지 않았다.

신현중이 이런 백석의 모습을 보고 배시시 웃으며 급기야 한마디 했다.

"백석, 자네 혼이 나갔네, 나갔어. 왜 그러는가? 어디 아픈가? 배가 아파? 뒷간에라도 다녀올 텐가?"

"아니, 난 뭐 그저……."

"그저 뭐, 여기 있는 처녀들이 마음에 들지 않는가? 저렇게 고상한 척하고서야 원."

"아니, 고상한 척이 아니라……."

"고상한 척이 아니라면, 잘난 척인가?"

"아니, 그런 게 아니라니까."

"그것도 아니라면 음식이 마음에 안 들어? 이 방이 마음에 안 들어? 아하, 내 이제야 알겠네, 석이 자네, 고향에 두고 온 색시 생각하고 있구만?"

"아니, 내가 색시가 어디 있나? 말도 안 되는 소리 말게."

백석은 신현중이 꺼낸 백석의 색시라는 말에 목소리를 높여 펄쩍 뛰었다. 백석에게 색시가 있다고 하면 '란'이 자신에게 다가오지 않을 것이 뻔했기 때문이다. 신현중은 벌써 백석의 마음이 '란'에게 가 있는 것을 알아차리고 백석을 놀리려고 한 말이었다. 자리에 앉아 있던 사람들이 모두 한바탕 큰 웃음을 터뜨렸다.

"뭘 그렇게 펄쩍 뛰는가. 속 보이네그려. 그래, 그렇지. 석이는 애인이 없지. 그럼 여기서 애인 하나 만들어보게. 저기 있는 '란'이 어떤가."

백석은 '란'이라는 말에 온몸과 마음을 찔린 듯 자신도 모르게 움찔했다. 움찔하고 만 정도가 아니라 손까지 떨려 젓가락질을 하기도 어려웠다.

백석은 흘깃 '란'의 표정을 살폈다. 그러나 '란'은 여전히 잔잔한 미소만 보일 뿐 별 반응을 보이지 않고 있었다. 백석은 내심 살짝 실망했다. '란'이 자신에게 관심이 있다면 어떤 반응을 보였을 텐데 아무런 동요도 없었던 것이다.

시끌벅적했던 저녁 식사 자리가 끝나고 집으로 돌아가는 백석의 마음은 들떠 있었고, 백석은 떨림 반, 걱정 반으로 그날 밤새 잠을 이루지 못하고 말았다.

'드디어 나도 내 여자를 찾았구나.
'란'은 이제 나의 여자다.
그녀가 좋아하는 색깔은 무엇일까.
그녀가 좋아하는 음식은 무엇일까.
그녀가 좋아하는 옷은 어떤 옷일까.
그녀도 시를 좋아할까.
그런데 그녀가 나를 싫어하면 어쩌지?'

그날 이후 백석은 신현중을 통해 '란'에게 한번 만나자는 연락을 수차례 주었으나, 그녀는 학교 공부 때문에 시간을 낼 수 없다는 전갈을 역시 수차례 백석에게 보내왔다. 그렇게 좋아하는 사람인데, 처음 보고 몇 개월이 지났는데도 한

번도 만나지 못하고, 백석은 점점 애가 타들어갔다.

늦은 겨울이었다. 마침내 백석은 '란'의 방학 중에 통영으로 직접 가서 그녀를 만나기로 했다. '란'을 소개시켜 주었고 이제는 백석의 마음이 온통 그녀에게 빠져 있다는 것을 너무나 잘 알고 있는, '란'과 같이 통영이 고향인 친구 신현중과 함께였다. 신문사에는 취재하러 간다고 해놓고.

아직은 겨울인데도 통영의 거리는 따듯했다. 정주나 경성과는 비교할 바가 아니었다. 벌써 개나리와 진달래가 피어 있었고, 동백꽃이 새빨갛게 마을마다 불꽃을 피우고 있었다. 백석은 이렇게 따듯한 곳이 좋았다. 더욱이 백석은 마음에 깊이 담아 두고 있는 여인을 만나러 가는 길이었다. 발길 닿는 곳마다, 눈길 가는 곳마다 '란'의 모습이 겹쳐 떠올랐다.

지나치는 처녀들은 모두 '란' 같았고, 어디서 개 한 마리라도 나타나면 장난이라도 걸고 싶었고, 승냥이가 따라오더라도 같이 이야기를 나누고도 싶을 정도로 마음이 들떠 있었다.

신현중은 백석을 연신 놀려댔다. 천하의 백석이 여자 하나 때문에 맥을 못 추고 있다고. 『사슴』이라는 시집을 출간

하자마자, 몇 손가락 안에 드는 조선 최고의 시인이 되었는데, 그 자존심은 다 어디 갔냐고. 얌전한 고양이가 부뚜막에 먼저 올라가려고 난리를 치고 있다고. 이러다가 백석이 미치는 거 아니냐고. 이러다가 죽는 거 아니냐고.

그래도 상관없었다. 백석은 '란'을 만나 마음속에 깊이 묻어 둔 사랑을 전달하기만 하면 되니까. 그러면 그녀도 자신을 사랑하게 될 테니까. 그녀를 아내로 맞이하기만 하면 세상은 온통 자신의 것이 될 테니까. 백석은 들떠 있었다. 발걸음도 마음도 새털처럼 가벼웠다. 백석은 저도 모르게 흥얼거리기까지 했다.

5. 바다

　백석이 '란'을 생각하면서 천천히 산길을 오르다보니 어느덧 산의 정상에 당도해 있었다. 날씨는 여전히 화창했다. 하늘은 산으로 오를수록 더욱 높아만 갔고, 나뭇잎에 반사된 햇살이 눈을 부시게 할 정도였다. 간혹 불어오는 선선한 바람이 백석의 이마에 맺힌 땀방울을 식혀주었다.

　약산은 해발 약 500m 정도로 그리 높은 산이 아니었다. 봉우리를 중심으로 바위가 마치 둥근 맷방석처럼 앉혀 있는 것을 보고, 백석은 이곳이 약산 동대임을 알아차렸다. 동쪽으로 기암괴석이 층층이 쌓여 있었고, 서쪽의 황해로 유유히 흐르는 구룡강과 대령강이 보였다. 동쪽으로는 멀리 묘향산의 웅장한 모습이 아득히 보였다. 북쪽 끝으로는 험준해 보였는데, 백석은 팔원에서 약산으로 올 때 승합차 기사가 했던 말이 떠올랐다. 얼마 전에 실연당한 한 처녀가 몸을 던졌다는 말.

　백석은 그 북쪽을 향해 동대 바위에 털썩 주저앉았다.

　'란'에 대한 연정을 되돌아보며 산길을 올랐던 백석의 마음은, 날씨와는 정반대로 내내 착잡했다. '란'이와의 과거는 그냥 추억일 뿐, 그가 꿈꾸었던 '란'과의 관계는 끝내 이루어지지 못했다. 이루어지지 못했을 뿐만 아니라, 그 일로 인해 백석은 큰 좌절을 겪어야만 했다. 무엇이 문제였을까, 백석은 큰 한숨을 내쉬면서 지난날을 다시 돌이켜보았다.

'란'을 소개시켜주었던 신현중과 함께 그녀를 만나러 통영에 갔던 백석은 헛걸음을 하고 말았다. 그녀는 개학을 준비하기 위해 백석이 통영에 도착하기 바로 며칠 전에 경성으로 떠났던 것이다. 백석은 그때 허탈감을 많이 느꼈지만 그래도 괜찮다고 생각했다. 그녀가 자란 그녀의 고향 풍경과 그 고향 마을 사람들의 모습을 보는 것만으로도, 백석은 '란'과 매우 가까워졌다고 느낄 수 있었기 때문이다.

다음에는 미리 연락을 하고 와야지, 연락을 하고 와서 그녀를 만나 고백을 해야지. 아니, 아예 청혼을 할 거야. 백석은 그렇게 생각하면서 그녀를 만나지 못한 아쉬움을 달랬다.

통영에서 돌아온 후 백석은 신문사에 사직서를 냈다. '란'과의 앞날을 생각하면서, 조용한 시골에 내려가 학교 선생을 하면서 시도 쓰는 안정적인 생활을 계획하고 있었기 때문이다. 학교 선생은 사실 백석의 어릴 적 꿈이기도 했다. '란'과 함께하는 그 소박하고 평화롭고 아름다운 생활을 상상하는 것만으로도 그는 가슴이 뛰었다.

신문사에 사직서를 내고 난 후 얼마 지나지 않아 함흥에서 연락이 왔다. 함흥의 영생 고보 영어 선생으로 와달라는 전갈이었다. 이 소식을 들은 백석은 벌써부터 '란'과의 행복한 생활이 떠올라 가슴이 벅차올랐다.

함흥에 새로운 일자리를 마련하고 몇 개월이 지나자 학교생활에도 적응이 되었고, 학생들을 지도하는 나름대로의 방법도 터득하게 되었다. 백석은 이제 '란'을 아내로 맞이할 일만 남았다고 생각했다. 백석은 시간을 내어 경성으로 올라가 신현중을 만났다.

"이보게, '란'에게 연락 좀 취해 주게."

"왜?"

"난 이제 더 이상 참을 수가 없네. '란'에게 청혼을 넣어야겠어."

"그렇게 빨리?"

"그렇게 빨리라니. '란'도 학교를 졸업했고, 또 내가 '란'과의 생활을 생각하면서 직장까지 옮기며 준비하지 않았나."

"'란'이가 받아줄까?"

"허 참, '란'이에 대한 내 마음을 누구보다도 자네가 잘 알고 있지 않은가. 좀 도와주게."

"내가 어떻게 도와?"

"이번 겨울 방학을 틈타 다시 통영에 내려가서 청혼을 할 생각이야. 지난번처럼 안내를 부탁하네."

"나도 엄청 바쁘다네."

"아, 왜 이러는가."

"뭘 왜 그래. 내가 뭐 자네 뒤치다꺼리나 하는 사람인가?"

백석은 사실 신현중이 이렇게 나올 줄은 몰랐다. 이렇게 냉랭할 줄은 몰랐다. '란'을 소개시켜주었고, 얼마 전까지만 해도 그녀와 백석과의 관계가 잘 되기를 바라고 있지 않 던가. 그런데 '란'에게 청혼을 하겠다는 백석의 말에 신현중 은 떨떠름하게 응대하고만 있었다.

백석은 그 이유를 몰랐다. 뭔가 신현중이 하는 일이 잘 안 되어 가고 있나 보다. 신현중은 조선의 독립을 위해 행 동하는 지식인이니 힘든 일이 좀 많지 않겠나, 뭔가 일이 틀어져서 신경이 예민해진 게지, 아니면 그의 약혼자와 다 툼이 있었거나.

백석은 이렇게 생각하면서 연애에만 빠져 있는 자신을 부끄럽게도 생각하였다. 신현중은 조선의 독립을 위해 직접 몸으로 움직이고 있는 사람이 아닌가.

그러나 그렇다고 하여 '란'을 포기할 수는 없었다. 그는 다른 절친한 친구인 허준에게 통영에 함께 가자고 부탁했다. 허준과 신현중은 처남과 매부 사이였다. 허준은 흔쾌히 백석의 청을 들어주었다.

백석과 허준이 통영에 간다는 연락을 '란'에게 미리 보냈다. 그러나 그들이 도착했을 때는 '란'이 아니라 그녀의 외삼촌이 백석 일행을 맞아주었다. '란'의 외삼촌은 두 사람을 극진히 대접해주었고, 백석이 '란'에게 청혼한다는 편지를 그녀의 어머니에게 전해주었다.

이때까지만 해도 백석은 '란'에 대한 희망을 버리지 않고 있었다. 시간이 잘 맞지 않아 두 사람이 만나지 못하는 것일 뿐, 다른 이유는 없을 것이라고 생각했다. 백석은 함흥으로 돌아와 청혼에 대한 응답을 초조하게 기다리고 있었다.

몇 달이 지났다. 시간이 지나 봄이 왔는데도 청혼에 대한 승낙 소식은 들려오지 않았다. 함흥에 있던 백석이 경성까지 올라가 신현중에게 어찌 되었는지 알아봐 달라고 부탁하였으나, 그는 여전히 백석을 차갑게 대하고만 있었다.

그러던 얼마 후, 봄볕이 따듯한 늦은 오후였다. 친구 허준으로부터 백석에게 연락이 왔다.

"신현중이 결혼한다네."

"아하, 그런가. 지난번에 약혼했다던 그 약혼녀와 말인가?"

"아니네. 다른 여자라네."

"아니, 그럼 파혼하고 다른 여자랑 결혼한단 말인가?"

"그렇다네."

"어허, 참. 어찌 됐든 뭐 축하할 일이네."

"……."

"그렇지 않은가. 결혼 날짜가 언젠가."

"……."

"왜 대답이 없는가. 친구가 결혼한다는데 참석해야지."

"……."

"어허, 이 친구 왜 그러는가. 대답을 좀 해보게."

"그런데 그 친구 결혼 상대가……."

"그래 결혼 상대가 누군가."

"……'란'이라네."

"'란'이라구? 설마 내가 생각하고 있는 그 '란'은 아니겠지?"

"그 '란'이라네. 그 친구 결혼 상대가 통영에 사는, 자네가 그리도 그리워하는 바로 그 '란'이란 말일세."

"……."

"내가 자네 볼 면목이 없네."

"……."

그랬다. 신현중의 결혼 상대자는 백석이 꿈에도 못 잊어 밤잠을 설치게 했던 바로 그 '란'이었다. 백석의 충격은 컸다. '란'과의 결혼이 성사되지 못한 것에 대한 충격도 컸지만, 자기를 배반한 친구 신현중에 대해서는 인간에 대한 절망마저 느껴졌다.

백석은 이 충격에서 벗어나기 위해 무진 애를 써야만 했다. '란'과 신현중을 잊기 위해, 그는 학교에서 학생들에 대한 지도에 최대한의 열의와 성의를 보였다. 영어 수업 시간에는 더 큰 목소리로 영어 회화에 몰두했으며, 문예반의 담당 지도 선생을 맡아 있는 힘을 다해 학생들을 가르쳤는가 하면, 축구부의 지도 선생까지 맡아 학생들에게 열중하기도 하였다. 그는 그 사건을 잊어버리려고 버둥거려야만 했다.

어느 정도 시간이 지나고 나서야 백석은 '란'에 대한 생각을 내려놓을 수가 있었다. 남길 건 남기고 가라앉힐 것은 앙금으로 가라앉히게 되었다. 백석은 함흥 인근의 바닷가를 거닐며 '바다'라는 시를 쓰는 것으로 마음을 다스리게도 되었다.

시는 이렇게 시작되었다. '바닷가에 왔더니 바다와 같이 당신 생각만 나는구나, 바다와 같이 당신을 사랑하고만 싶구나, 구붓29하고 모래톱을 오르면 당신이 앞선 것만 같고, 당신이 뒤선 것만 같구나'

그리고 지중지중 물가를 거닐면
당신이 이야기를 하는 것만 같구려
당신이 이야기를 끊은 것만 같구려

바닷가는
개지꽃30에 개지 아니 나오고
고기비눌에 하이얀 햇볕만 쇠리쇠리31하야

---

29 구붓 : 몸을 약간 구부리고.
30 개지꽃 : 갯메꽃의 평북 방언.
31 쇠리쇠리 : '눈부시다'의 평북 방언.

어쩐지 쓸쓸만 하구려 섧기만 하구려

백석이 약산에 오른 지 꽤 시간이 지난 것 같았다. 백석은 김소월 시인의 시 '진달래꽃'을 생각하면서 동대를 터벅터벅 내려왔다. '나 보기가 역겨워 가실 때에는 말없이 고이 보내 드리우리다, 나 보기가 역겨워 가실 때에는 죽어도 아니 눈물 흘리우리다'

'왜 소월 시인은 '죽어도 눈물 아니 흘리우리다'가 아니라 '죽어도 아니 눈물 흘리우리다'라고 했을까.

'아니'라는 시어를 왜 '눈물' 앞에 넣어서 '눈물 흘리우리다'라고 했을까.

결국 이 말은 눈물을 흘릴 수밖에 없다는 것을 넌지시 강조한 것이 아닐까.'

백석의 마음이 그랬다. 비록 '란'을 떠나보내야만 했어도, 그것은 사실 '란'의 잘못은 아니었다. 백석과 '란'의 관계는 일방적이었다. 백석만이 '란'을 흠모했을 뿐, '란'의 마음속에는 정작 백석이 들어 있었는지조차 모르는 일이었다.

백석은 쓸쓸하기는 했지만 그 누구도 원망하지 않기로 했다. 자신을 배신한 신현중에게도, 처음과 달리 이제는 그

분노가 시나브로32 사라지고 있었다. 신현중은 조선의 독립을 위해 백석이 하지 못하는 일을 행동으로 보여주고 있는 사람이었다. 그것만으로도 그를 탓해서는 안 된다고 백석은 생각했다.

---

32 시나브로 : 모르는 사이에 조금씩 조금씩.

6. 나와 나타샤와 흰 당나귀

약산을 출발하여 다음 행선지는 북신이었다. 팔원에서 약산까지 가는 길은 따로 정해진 교통수단이 없었으나, 약산에서 개천33까지만 가면 거기서부터 북신까지 철도가 있었다. 백석은 이번에도 개천까지는 또 승합차를 이용할 수 있었다. 개천 역에 도착한 백석은 배가 출출히 고파오기 시작했다. 기차 안에서 주막 주인이 준 주먹밥을 먹으리라.

기차는 예정 시간보다 20여 분 늦게 도착했다. 거무튀튀한 연기와 하얀 증기를 내뿜으며 빼액 빽, 증기 기관차가 플랫폼에 멈춰 섰다.

객실에는 승객들이 드문드문 앉아 있었다. 북신이 이 기차의 거의 종점이라서 그런지 승객들은 많지 않았다. 백석

---

33 개천 : 평북 영변의 동남쪽에 있는 지명.

은 빈자리를 찾아 차창 쪽으로 앉자마자 주먹밥을 꺼내어 먹기 시작했다. 그런데 주먹밥을 먹는 백석의 입가에 얇은 미소가 번졌다. '자야'가 생각났기 때문이다.

자야는 백석이 영생 고보 영어 교사로 부임한 후, 그러니까 '란'에게 청혼을 넣기 바로 전에 만난 기생 출신의 여자였다. 처음에는 자야가 백석의 눈에 거의 들어오지 않았다. 그러나 몇 차례 더 만나고 나서, 그러니까 백석이 그녀에게 '자야'라는 이름을 붙여주고 나서부터는 서서히 그녀를 좋아하게 되었다.

백석이 이상형으로 생각하고 있던 '조선적인 여자'는 아니었고, 성격도 백석이 그리 좋아하지 않는 여장부다운 기질이 있었으나, 우선 자야는 백석의 시를 읽을 줄 알았고, 또한 그의 시를 조선 최고의 시라며 좋아했다.

자야는 팔방미인이었다. 온갖 잡기의 예술, 춤이면 춤, 노래면 노래, 장구나 가야금 등 악기면 악기, 붓글씨까지 못하는 것이 없었다. 잘 하는 정도가 각 방면에서 어느 정도 깊이를 지니고 있었다. 거기다가 시에 대해서까지 제법 전문가다운 평가를 내릴 줄 아는 사람이었다.

자야는 기생이라는 꼬리표가 붙어 있었지만, 아무 남자에게나 몸을 허락하거나 술시중을 들거나 하는 여자도 아니었다. 그녀는 그녀가 생각하는 '인간'의 가치를 아는 사람에게만 술자리를 허락하는 사람이었다. 가난한 사람들에게는 술값도 받지 않는 대신, 부유한 사람이나 고위직에 있는 사람들에게는 멋들어지게 바가지도 씌울 줄 아는 여자였다. 돈 버는 일에 맹탕인 백석과는 달리, 그녀는 그 방면에서도 남다른 재능을 지니고 있었다. 백석은 그녀와 함께 있는 것이 마음이 편했다.

반면에 자야는 백석의 예민한 성격을 오히려 좋아했다. 까탈스럽기는 했지만, 백석은 자야와는 달리 작고 여리고 약한 것들에, 가난하고 외롭고 높고 쓸쓸한 것들에 연민을 주었다. 자야는 그런 그의 마음을 참으로 좋아했다. 정말 '인간'이 무엇인지를 백석은 아는 사람이라고 자야는 생각했던 것이다.

백석은 가난이란 것에 무관심했다. 선생이었으니 절약도 하면서 가난하지 않으려면 그럴 수도 있었겠지만, 백석은 월급의 거의 대부분을 부모님께 보내드렸다. 자야는 백석의 그런 면도 좋았다. 시인이면 그 정도 가난할 줄은 알아야지, 라고 생각했다. 거기다가 백석은 조선 제일의 모던 보이! 같이 어디를 다닐 때에도 일부러 드러내고 싶을 만큼 멋지게 생긴 남자! 자야에게 백석만 한 남자는 없었다.

어느 따사로운 가을날, 일요일 오후였다. 백석이 자야의 집으로 찾아왔다. 자야와 함께 바닷가를 거닐어 보고 싶은 생각에서였다. 그때 자야가 서둘러 주먹밥을 준비했다. 혹시 백석이 출출해할지도 모르니까.

함흥의 바닷가를 거니는 두 사람은 편안했고 행복했다. 이렇게 아무 근심 없이 자연 속에서, 소박한 것들 속에서, 앞날에 대한 걱정 없이 두 사람이 두 손을 맞잡고 살아갈 수만 있다면 얼마나 좋을까, 라고 그들은 생각했다.

그렇게 바닷가를 거닐며 한참을 지내다보니 두 사람 모두 배가 고파오기 시작했다. 그들은 보자기를 펴 놓고, 준비해 갔던 주먹밥을 먹으려고 한 개씩 집어 들었다. 그런데 자야의 장난기가 발동했다. 백석이 입으로 가져가려던 주먹밥을 자야가 손으로 톡, 쳤다. 주먹밥은 보자기에 떨어졌고, 백석이 그것을 다시 집어 들려는 순간, 이번에는 자야가 백석의 엉덩이를 밀어버렸다. 그런데 하필이면 그 엉덩이가 주먹밥으로 떨어졌다, 백석의 엉덩이가 주먹밥을 뭉갰던 것이다.

백석과 자야는 웃지 않을 수 없었다. 평생 그렇게 큰 소리로 웃어본 적이 없을 정도로, 눈물까지 흘려가면서, 배꼽이 튀어나올까 봐 배꼽을 잡고 둘이 마주 보고 웃었다.

그런데 그것만이 아니었다. 혼내주려고 도망치는 자야를 쫓아가던 백석이, 이번에는 개펄에 미끄러져 엉덩방아를 찧었던 것이다. 밥풀이 묻어 있던 엉덩이가 개펄에 방아를 찧은 것이다. 졸지에 백석은 똥을 싸서 뭉갠 모양이 되어버렸다!

자야는 데굴데굴 굴렀다. 엉거주춤 어찌할 바를 모르고 서 있는 백석의 똥 싼 바지를 보고, 데굴데굴 구를 수밖에 없었다. 웃는 정도가 아니라 엉엉 울음을 우는 웃음소리까지 내면서.

그날 밤 백석은 집으로 돌아가지 않았다. 더러운 것을 싫어하고 자칭 조선 최고의 모던 보이가, 똥 싼 바지를 입고 집으로 돌아갈 수는 없었다. 자야의 집으로 돌아온 백석은 바지를 벗어 자야에게 빨아달라고 주었다. 지금 바지를 빨면 마르지 않아서 입고 가지를 못할 텐데, 자야도 알고 있었지만, 그녀는 웃으며 백석의 바지를 빨아 널었다. 백석은 집으로 돌아갈 수 없었다. 그날 밤 그 둘은 이 세상에서 가장 뜨겁고 열정적인 사랑을 나누었다. 밤을 하얗게 불태우면서.

어느덧 백석은 주먹밥 두 개를 모두 먹어 치웠지만, 입가에는 여전히 미소가 흐르고 있었다. 그러나 그 미소는 기차가 산골로 접어들면서 다시 일그러지기 시작했다. 경사가 급한 산비탈을 올라가는 중인지 기차가 덜컹거리고 삐거덕거리며 힘겨워 하였다. 차창 밖으로 지나가는 허수아비들이 백석을 물끄러미 쳐다보고들 있었다.

똥 싼 바지와 그날 밤의 사건이 있고 난 후, 꿈같은 연애를 이어가던 몇 달 후, 백석과 자야에게 엄청난 시련이 닥쳐왔다. 백석의 부모님이 백석을 강제로 혼인시켜버렸던 것이다. 백석의 부모는 일본 유학까지 갔다 와 학교 선생을 하면서, 유명한 시인까지 된 아들이 겨우 기생이나 끼고 사는 것이 몹시 못마땅했던 것이다.

두 사람 사이에 냉기가 돌기 시작했다. 백석이 완고한 부모의 강요로 결혼을 할 수밖에 없었다는 것을 두 사람 모두 모르는 것은 아니었다. 그렇지만, 강제라 할지라도 결혼은 '결혼'이었다. 자야에게는 엄청난 충격일 수밖에 없었고, 결국 자야는 함흥을 떠나 백석을 버리고 경성으로 올라가 버렸다.

마음속에서나마 있던 '란'도 사라지고, 자야마저 떠나버린 함흥은 백석에게 있어 암흑이었다. 백석은 몸과 마음을 쉬고 싶었다. 아니면 숨어 지내고도 싶었다. 산골로 가자,

산골에 가서 며칠만이라도 있다가 오자, 그러지 않으면 죽을 것만 같다고 백석은 생각했다. 그러니까 지금으로부터 근 2년 전의 어느 겨울이었다.

백석은 국숫집을 겸하고 있던 여인숙에 머물면서, 함흥의 북서쪽에 있는 성천강 상류, 북관34 지역을 떠돌고 있었다. 그 북관에서 백석은 북관 사람들이 먹는 메밀국수며 감자떡을, 그들과 같이 먹고 있을 때에는 조선의 마음을 느낄 수 있었고, 하얀 자작나무로 만든 산골집의 대들보며 기둥이며 문살 들을 보면서, 조선 사람들의 착한 마음씨와 조선 민족의 영혼 같은 것도 느낄 수 있었다. 그는 거기에서 투박하지만 소박하면서도 인정 많은 조선 사람들의 생활 모습을 다시 한번 확인하면서 아주 서서히 마음을 가라앉힐 수 있었다.

북관 여행 거의 마지막 날에는 엄청난 눈이 내렸다. 백석은 머물던 여인숙 창 밖을 내다보고 있었다. 함박눈이 여인숙 마당에도, 담장 밖 길에도, 저 너머 산자락에도 푹푹 쌓여갔다. 온 하늘과 온 땅이 하얗게 변해갔다. 온갖 더러운

---

34 북관 : 함경남북도의 별칭.

것들이 하얗게 하얗게 파묻혔다. 함박눈은 백석의 마음 밑바닥에도 푹푹 쌓여갔다. 백석은 연필을 꺼내 들었다.

'가난한 내가 아름다운 나타샤를 사랑해서 오늘밤은 푹 푹 눈이 내린다' 이렇게 쓰고 나니 백석의 마음은 더욱 외 로워져 갔다. 백석은 여인숙 주인에게 청해두었던 소주를 꺼내 입안에 털어 넣었다, 안주도 없이 쓸쓸하게. 그리고 시를 이어갔다.

　　나타샤를 사랑은 하고
　　눈은 푹푹 날리고
　　나는 혼자 쓸쓸히 앉아 소주(燒酒)를 마신다
　　소주(燒酒)를 마시며 생각한다
　　나타샤와 나는
　　눈이 푹푹 쌓이는 밤 흰 당나귀 타고
　　산골로 가자 출출이35 우는 깊은 산골로 가 마가리36에
　　살자

35 출출이 : 뱁새.
36 마가리 : '오막살이'의 평북 방언.

눈은 푹푹 나리고
나는 나타샤를 생각하고
나타샤가 아니 올 리 없다
언제 벌써 내 속에 고조곤히 와 이야기한다
산골로 가는 것은 세상한테 지는 것이 아니다
세상 같은 건 더러워 버리는 것이다

여기까지 쓰고 나니 갑자기 백석의 마음이 조금 헝클어
지는 것 같았다. 사랑하는 이와 자신과 세상과의 순조롭지
못한 관계가 백석을 슬며시 흥분시켰던 것이다. 백석은 흥
분한 상태에서는 시를 써서는 안 된다고 생각하는 시인이었
다. 그는 마음을 진정시키기 위해 소주를 한 잔 더 마시고
지그시 눈을 감았다. 그리고 마지막 연을 이렇게 끝맺었다.

눈은 푹푹 나리고
아름다운 나타샤는 나를 사랑하고
어데서 흰 당나귀도 오늘밤이 좋아서 응앙응앙 울을
것이다

백석은 이 시를 쓰고 나서야 마음을 추스를 수 있게 되

었다. '란'이도 자야도 모두 이 시 속에 녹아 있었고, 백석의 혼란스럽던 마음도 이 시 속에 차분히 가라앉게 되었다. '산골로 가는 것은 세상한테 지는 것이 아니다

그래도 백석은 외로웠다. 이런저런 상황들을 생각해보면 세상을 살아간다는 건 어쩌면 외로움을 산다는 것과 마찬가지일 것이라는 생각도 들었다.

마음을 알아주지 않던 '란'이도, 친구의 마음을 그토록 아프게 하면서 제 욕심만 채웠던 친구 신현중도, 아들의 마음과는 너무나 동떨어져서 강제로 결혼식을 올리게 했던 부모님도, 영원히 함께 살자던 맹세를 한 번의 실수에 떨어지는 낙엽처럼 속절없이 날려버린 자야도, 그리고 무엇보다도 조선이 돌아가는 상황이 백석을 너무도 외롭게 만들었다.

조선은 중일 전쟁으로 엄청난 피해를 보고 있었다. 수많은 젊은이들이 징용을 당하거나 혹은 징병으로 끌려가거나 혹은 위안부로 쥐도 새도 모르게 잡혀가서, 살았는지 죽었는지조차 확인할 길이 없는 경우가 많았다.

그러나 그것들보다도 백석을 더욱더 가슴 아프게 했던 것은 백석과 알고 지내던 시인이나 소설가나 평론가들이, 창씨개명은 물론 친일적인 문학 행위를 하고 있다는 소문이 들려오는 것이었다.

최남선이나 이광수 같은 이들이 '조선문예회'라는 친일 단체를 만들어 전쟁의 나팔수 역할을 하고 있다는 것이었다. 그들이 조선의 젊은이들이 중일 전쟁에 참여하여 일제 천황을 위해 총알받이로 죽어가는 것을, 아름다운 일로 선전하는 데에 문학적인 열정을 쏟고 있다는 것이었다.

백석은 도저히 그들을 이해할 수가 없었고, 이해하고 싶지도 않았다. 시인이라는 것이 차라리 모욕적이기까지 했다. 백석은 이렇게 미쳐 돌아가는 일제와 조선의 상황을 접할 때마다 생각했다.

'만주는 어떨까.

만주에 일본과 조선, 한족, 만주족, 몽골족이 화합을 이루는 만주국이 들어섰다는데, 거기는 어떨까.

정말 만주국은 단순히 일본 제국주의자들이 내세우는 허울 좋은 중국 침략의 발판일 뿐일까.

정말 단순히 저들의 속임수에 불과한 꼭두각시 나라일까. 그래도 조선보다는 낫지 않을까.

나도 만주로 떠나야만 하는 것은 아닐까.'

기차는 북신 터널을 지나고 있었다. 백석은 자신이 터널

속에 혼자 남겨진 것만 같았다. 모두 떠나고 어둠 속에 혼자 남아, 이러지도 저러지도 못하는 신세가 된 것 같았다.

터널을 지나자, 산골로 접어들었다는 표시일까, 날씨는 갑작스럽게 변해 있었다. 차창 밖으로 눈발이 희끗희끗 날리기 시작했고, 나뭇가지들도 바람에 쏠리고 있었다.

3부. 높고

7. 북신

해는 이미 기울어 곳곳에 어둠이 스며들고 있었다. 기차가 마침내 여행의 마지막 목적지인 북신현 역에 도착했다. 묘향산에서 가까운 북쪽에 있으며 중강진에서 멀지 않은 북신은 벌써 겨울에 들어서 있는 풍경이었다. 몇몇 사람들은 두툼한 외투를 입고 몸을 움츠린 채 발걸음을 종종거렸다.

역시 산골의 저녁 해는 짧았다. 거기다가 눈발이 희끗거리는 하늘이 어둠을 더욱 짙게 만들고 있었다. 백석은 차가운 날씨에 외투 깃을 세워 걸으며, 어디 여인숙이나 여관에 들어가 쉬고 싶었다.

기차를 타고 오기는 했지만, 정차하는 곳이 많았고, 더욱이 백석은 이왕 온 김에 구장37 지역 구경도 좀 하고 싶어서, 거기서 내려 잠시 지체하기도 했다. 그러다

---

37 구장 : 평북 영변군 용산면에 있는 지명.

보니 중간에 증기 기관차를 점검한다고 30~40분 정도 정차한 것까지 포함하여, 여기까지 오는데 무려 네 시간 이상이 걸리게 되었다.

철도역이 있는 곳인데도 여관이나 여인숙의 불빛은 잘 보이지 않았다. 아마도 나라 사정이 하도 어수선하여 모든 것이 침울한 탓에 사람들이 집 안에만 틀어박혀 있는 모양이었다.

백석은 먼저 숙소를 구한 후 어서 밥집을 찾아 구장에서 보았던 그 구수할 것 같았던 술국, 기차 시간에 대느라 다른 사람이 먹는 것을 보며 입맛만 다시고 온, 시래깃국에 소피와 두부를 넣고 끓인 술국을 몇 사발이고 마시고 싶었다. 삼십오 도짜리 소주도 한 잔 마시면서.

한참을 찾아 헤매다 백석은 어디선가 흘러나오는 메밀 냄새를 맡게 되었다. 워낙 메밀국수를 좋아했던 백석의 코가 이끄는 대로 그의 발걸음이 옮겨졌다.

백석은 이내 국숫집을 겸한 여인숙 불빛을 보게 되었다. 이게 웬 떡인가! 숙소까지 찾고 거기다가 그가 좋아하는 국수가 있다니! 주인은 백석을 반갑게 맞아주었다. 요즘같이 손님이 드문 때, 저녁 늦게 찾아온 손님이 여간 고맙지 않았던 것이다.

"어서 오시라요."

"예, 저녁밥도 먹고 잠잘 방도 좀 구했으면 하는데요."

"방도 있고 국수도 잇쑤다."

"그러면 혹시 시래기국밥이 되나요?"

"국밥은 지금 업쑤다래. 여기는 국숫집이라요. 와 하필 국숫집에 와서 국밥을 찾는다 말이오."

"예, 갑자기 시래기국밥이 생각나서요. 국수도 상관없습니다, 한 그릇 주세요."

"알갔소. 잠시만 기다리기오. 내래 따끈한 메밀국수 한 그릇 날래 말아 오갔소."

백석도 메밀국수를 무엇보다도 좋아했지만 오는 길에 구장에서 본 그 시래깃국이 생각나서 혹시 하면서 꺼내본 말이었다. 여기는 국숫집이니 국수는 내일이라도 당장 먹을 수 있을 것이라고 생각했기 때문이다.

"일단 날래 들어오기오. 저쪽 방에 드시우다, 내래 곧 방을 덥히갓소."

"삼십오 도짜리 소주도 한잔하고 싶은데요."

"기래? 알갔소. 걱정 말라우, 한 상 봐 올 테이까네."

"감사합니다, 그리고 좀 씻고 싶은데요."

"씻긴 뭘 씻는다 기라오, 날도 추운데. 정 씻고 싶으면 저쪽에 우물 잇쑤다, 차갑지 안캇소?"

"괜찮습니다, 감사합니다."

팔원에서 만났던 주막집 여주인에 비해 이 국숫집 여주인은 밝아 보였다. 그것이 답답하고 무거웠던 백석의 마음을 겉으로나마 가볍게 해주었다.

백석이 씻고 난 다음 방으로 들어서자마자 주인이 상을 차려 왔다. 상 위에는 메밀국수, 평북 지방의 꾸밈없고 소박하고 투박한 바로 그 시커먼 메밀국수 한 사발과, 삶은 돼지고기 한 접시와 그리고 소주 한 병이 놓여 있었다.

주인은 어디서 왔는가, 언제까지 있을 건가를 묻고는, 다 먹으면 상을 방 밖으로 내다 놓으라, 그리고 편히 쉬라는 말과 함께 곧바로 문을 열고 나갔다. 다른 방에서 남자의 목소리가 들려오는 것으로 보아 부부가 이 여인숙을 운영하고 있는 것 같았다.

백석은 음식을 보자마자 벌써부터 몸과 마음이 따뜻해져 오는 듯했다. 먼저 소주를 한잔하고 돼지고기를 한 점 집어 새우젓에 찍었다. 소주 맛도 돼지고기 맛도 일품이었다. 그러고는 메밀국수를 한 젓가락 크게 떠서 입으로 가져갔다.

바로 이 맛이야, 백석은 중간 중간 소주도 곁들이면서 메밀 국수 한 그릇을 순식간에 해치웠다. 국물까지 싸악 싹.

밥상을 내어 놓고 백석은 환기를 시킬 겸 방문을 조금 열어 두고 밖으로 나왔다. 여인숙 바깥에는 멀리서 간간히 개 짖는 소리만 들려올 뿐, 어느새 두꺼운 어둠에 휩싸여 있었다. 백석은 조금 걸으며 생각했다.

'이제 이 여행도 얼마 남지 않았다, 곧 경성으로 돌아가야 한다.

돌아가기 전에 반드시 내 앞날을 어떻게 꾸려갈 것인지 결정해야 한다.

경성에 남아 신문사 일을 계속하면서 시를 쓸 수 있을지,

아니면 다시 시골 한적한 곳으로 가서 학교 선생을 할 수 있을 것인지,

그것도 아니라면, 오래 전부터 생각하고 있었던 만주국으로 떠날 것인지,

내 나라 조선과 내 부모와 일가친척들과 친구들을 떠날 수 있을 것인지,

만주국으로 간다면 거기 가서 뭘 하면서 생계유지를 할 수 있을 것인지,

정말 간다면,

자야는 나를 따라나설 것인지,

부모님에 의한 강제 결혼으로 인해 화가 단단히 나 있는 자야가 승낙할 것인지,

만약 자야가 가지 않는다고 한다면 어떻게 할 것인지,

자야를 조선에 두고 혼자 만주에서 생활할 수 있을 것인지.

지난번 쓴 시 '나와 나타샤와 흰 당나귀'에서처럼,

그냥 자야와 함께 어느 산골에 들어가 시나 쓰면서 살 수는 없는 것인지.'

백석의 생각은 어느 한 방향으로 나아가질 못하고 점점 더 미로 속을 헤매는 듯 머릿속이 헝클어졌다. 그러나 이제 시간이 얼마 남지 않았다. 내일 밤까지는 어떡하든 결론을 내야만 했다.

밤새 뒤척이며 잠을 이루지 못했는지라 백석은 동이 트고 나서야 잠자리에서 일어날 수 있었다. 여주인이 백석을 배려하여 특별히 만들어 준 시래깃국에 밥을 말아 아침을 먹었지만, 생각했던 것보다 그렇게 맛이 있지는 않았다. 구장에서는 맛있게 보였던 시래깃국 속의 소의 굳은 피, 선지가 왠지 백석의 눈맛을 당기지 못했다.

백석은 아침 식사를 서둘러 마치고 어젯밤 생각해두 었던 월림38에 가보기로 했다. 여주인 말에 의하면 마침 오늘 월림에 시장이 선다고도 했다. 백석은 서민들의 삶 이 보고 싶었다.

월림은 돌로 만든 너와집들이 많은 마을이었다. 소달구 지가 지나다녔다. 싸리나무로 만든 신을 신고 길거리에서 팔 물건들을 진열해 놓은 장사꾼들이 백석의 어린 시절을 떠올리게 했다. 고향 정주에서도 장이 서면 아버지를 따라 나서는 백석의 마음이 들뜨고는 했었다. 그 어릴 때의 풍경 이 고스란히 이리로 옮겨 온 듯했다. 백석의 동심을 일깨우 는 듯 어디 멀리서 꿩-, 꿩-, 수꿩의 울음소리도 들려왔다.

백석은 마음이 흥겨워져서 마음껏 시장을 구경하고 다녔 다. 멧돼지를 잡아온 사냥꾼의 좌판을 둘러보기도 하면서, 너구리 가죽을 파는 수염이 뻣뻣한 노인네의 얼굴을 쳐다 보기도 하면서, 다른 새의 울음소리를 잘도 흉내 내는 개똥 지빠귀를 어떻게 잡아서 새장에 넣어 가져왔을까, 달구지 위에 놓인 갈대로 만든 새장 속 뱁새 소리를 듣기도 하면

---

38 월림 : 평북 영변군 북신 하행동에 있는 마을 이름.

서, 백석은 점점 편안해지는 마음으로 시장을 마음껏 구경하고 다녔다.

고소하고 쌉싸름하기도 한 개암[39]을 사서 입이 즐겁게 까먹으면서, 쪼그려 앉아 도토리묵과 도토리범벅 맛도 보면서, 주먹만 한 떡도 몇 개 사면서, 그리고 정말 꿀보다도 더 달콤한 강낭콩 엿도 사서, 애들처럼 쪽쪽 빨아 녹여 먹으면서, 백석은 한결 가벼워진 마음으로 시장을 마음껏 구경했다.

물이라도 들 만큼 샛노란 햇살을 온몸에 받으면서, 눈이 시리도록 또 샛노랗디샛노란 기장쌀도 주무르면서, 기장떡도 한입 베어 물면서, 기장감주도 한 모금 마시면서, 기장쌀로 만든 호박죽도 한술 떠먹으면서, 백석은 기쁜 마음으로 한껏 시장을 구경하고 다녔다.

그렇게 월림장은 백석의 마음을 평화롭던 어린 시절로 돌아가게 해주었다. 그것은 백석의 생활의 무거움, 삶의 무거움, 인생의 무거움을 한결 가볍게 했다.

---

39 개암 : 개암나무 열매, 맛이 고소하고 약간 쌉싸름한 맛.

'그래, 저렇게 자기 자리에서 굳세게 살아가는 거야.

눈치도 보지 말고 비겁하지도 않게,

내가 할 수 있는 일을 하면서 살아가는 거야.

내가 어릴 적부터 느껴왔던 그 아름다운 세계를 내가 잊고 있었던 것은 아닐까.

무엇이 무섭고 무엇이 두려운가.

내가 할 수 있는 일을 하면서 살자,

내가 잘할 수 있는 일, 그래 내 인생에서는 시가 주인공이 되어야 한다.

그동안 내가 너무 자질구레한 일들에 신경을 썼던 거 같아.'

백석은 그런 생각들을 하며 월림장에서 돌아왔다. 돌아오는 발걸음은 어젯밤 여인숙으로 들어갈 때의 발걸음과는 사뭇 달랐다. 백석은 어렴풋하게나마 앞으로 어떻게 살아가면 좋을 것인지 어떤 예감이 들기 시작했다.

그렇지만 월림장을 구경한 것이 한순간에 백석의 마음을 가볍게 한 것은 아니었다. 그것은 백석이 여행을 하면서 팔원에서 겪었던 일들과, 영변에서 느꼈던 감정들과, 틈틈이 있었던 과거의 회상 등이 그의 마음속에 쌓인 결과였다.

백석은 즐거운 마음으로 시장에서 사온 강낭엿과 기장떡
과 도토리묵을 싼 꾸러미를 등에서 내리며 국숫집 여인숙
으로 들어갔다. 여인숙의 주인들과 그것들을 함께 먹을 심
산이었다. 그런데 여인숙으로 들어선 백석의 눈이 휘둥그
레졌다.

여인숙 마당에 어린아이들과 노인들을 포함하여 20여
명의 사람들이 빙 둘러서서, 둥그렇게 모여서 있었고, 그
가운데에는 돼지 한 마리가 걸려 있었다. 돼지를 잡았던 것
이다. 돼지를 잡아서 그 고기를 삶거나 구워서 먹고들 있었
던 것이다. 당황한 백석을 보고 여주인이 말을 걸어왔다.
소주를 한잔했는지 여주인의 얼굴이 붉어 보였다.

"이제야 오시는구만기래, 날래 들어오시라요, 오늘 내래
도야지 한 마리 잡앗쑤다래."

"아, 예. 저기 강낭엿 좀 드리······."

"뭐하고 있네. 날래 이리 앉아 고기 좀 먹어보기오."

"예, 그럼."

"길티, 거기 앉으라우."

백석은 시장에서 사온 음식들은 꺼내 놓지도 못하고 자

리에 앉아야만 했다. 징용이다 징병이다 해서 마음들이 잔뜩 쪼그라 붙어 있는 마을 사람들을 위로하기 위해서였을 것이다, 여인숙 주인들이 동네 사람들에게 돼지를 한 마리 내놓았단다.

백석이 앉자마자 여주인이 젓가락으로 허연 비계가 두툼하게 붙은 고기를, 고춧가루가 섞인 왕소금에 푹, 찍어 백석의 입으로 가져왔다. 백석은 얼떨결에 입을 벌려 받아먹어야만 했다.

백석은 본래 돼지비계는 잘 먹지 않았다. 그러나 웬걸, 이 고기는 보통 맛이 아니었다. 고기에 바늘 같은 털이 듬성듬성 박혀 있는 것이 눈에 그대로 보이는데도, 그 맛이 놀라웠다. 바로 잡은 돼지라서 그럴까, 아니면 백석의 마음이 많이 가벼워졌기 때문일까, 백석은 이런 돼지고기를 맛있게 먹고 있는 자신에 대해서도 놀라워했다.

백석은 고기를 몇 점 더 먹은 후 한 걸음 물러서서 이 사람들을 물끄러미 바라보며 생각하게 되었다.

‘이 털도 안 뽑은 고기를,
시커먼 메밀국수에 얹어서 한입에 꿀꺽 삼키는 사람들,
이 사람들이 정말 사람다운 사람들이다.

다른 사람들을 괴롭힐 줄 모르는 사람들,

다른 사람들을 배신할 줄 모르는 사람들,

다른 사람들을 용서할 줄 아는 사람들,

다른 사람들을 꾸밈없이 사랑할 줄 아는 사람들.

이 사람들이 조선 사람들이다.

어릴 적 동네 사람들과 둥그렇게 모여 모닥불을 쪼였을 때처럼,

어린아이, 여자와 남자, 젊은이와 늙은이 할 것 없이,

둥그렇게 모여서들 서로의 입에 고기를 넣어주고, 웃고, 떠들고 하는 사람들,

서로의 쳐진 어깨를 두드려주는 사람들,

굳이 말을 하지 않아도 서로 사랑하고 있다는 것을 몸으로, 눈빛으로 드러내는 사람들,

여기서 가까이 계시다는 묘향산 부처님도 이렇게 고기를 먹는 사람들은 사랑할 것이다.

하늘에 계신 하늘님도 이런 사람들을 사랑할 것이다.

이 사람들이 바로 우리 고구려 민족의 직계 후손들이 아닌가,

여기가 바로 나라를 일으켜 만주는 물론 지금의 러시아 일부 지역까지 북방 영토로 두었던 고구려의 본거지가 아닌가.

나라의 초석을 다져놓은 소수림왕과 영토를 넓힌 광개토
대왕의 기개와 어진 마음과 지혜를 닮은 사람들,

이 강인한 사람들, 이 소박하고 순수하고 담대한 백성들.'

백석은 이런 생각들을 하면서 명치끝에서 무엇인가가 뜨
겁게 올라오고 있는 것을 느꼈다. 그러면서 어릴 때의 모닥
불 추억을 떠올렸다. 그것은 고향에서 있었던 결코 잊히지
않는 특별한 기억이었다. 그날은 몹시 추운 한겨울이었다.
달이 휘영청 밝았었다.

'아버지와 내가 우리 집에서 벌 하나 건너 신리에 사는
고모님께 다녀오는 길이었지.

별 자국이 솜솜 난 듯 얼굴이 얽은⁴⁰ 고모는 눈을 자
주 깜박거리기도 했는데, 하루에 베 한 필은 거뜬히 짜
내는 솜씨 좋은 사람이었어.

고모에게 누군가 베 한 필을 짜달라는 부탁이 왔다고 알
리러 갔었지.

---

40 얽은 : 얼굴에 생긴 마맛자국.

그런데 돌아오는 길, 우리 동네 공터에 누군가 모닥불을
피우고 있었어.

아버지와 나는 몹시도 추운 날씨에 손발이나 녹일까 하
여 잠시 모닥불을 쬐고 있었는데,

마을 사람들이 저녁을 먹고 하나둘 모여들기 시작했지.

재당41님도 초시42님도 문장43님도 오시고, 그러다가
는 더부살이하는 아이도 오고, 새 사위도, 새 사돈도, 나
그네도 다 모여들었지.

하다못해 붓 장수와 땜장이 아저씨까지,

급기야는 큰 개도 오고 그 개의 강아지까지 둥그렇게 모
이게 되었어.

그렇게들 둥그렇게 모여 그 따듯한 모닥불에 몸을 녹였
지.

어른들은 내가 알아듣지 못하는 어려운 얘기를 나누며
하하, 허허 웃고들 했지.

나는 내 또래의 한 아이와 함께 모닥불 앞에 쪼그려 앉아

---

41 재당 : 향촌의 최고 어른에 대한 존칭.
42 초시 : 한문을 좀 아는 유식한 양반을 높여 부르는 말.
43 문장 : 문중에서 항렬과 나이가 제일 위인 사람.

화끈 달아오른 얼굴을 손바닥으로 가리거나, 너무 뜨거워 뒤로 돌아앉거나 하면서 서로 즐거웠어.

모닥불이 점점 사위어가자 누군가 땔감으로 새끼줄과 가죽신의 밑창을 가져와 모닥불에 던졌고, 또 누군가는 널빤지, 지푸라기, 막대기 같은 것을 태웠어.

나도 마른 소똥을 가져와 불 속에 던졌던 기억이 나.

그 모닥불이 잊히질 않아.

얼마나 마음이 풀어지던지,

얼마나 마음이 평화롭던지,

얼마나 마음이 푸근해지던지.

그때는 몰랐지만 그런 게 '조선적인 것'일 게야.

모닥불에 타는 것들도 모두 위아래가 없고,

그 불을 쬐는 사람들도 서로에게 예의는 있었지만 강압적인 위아래가 없고,

공평하게 따듯함을 서로 나누고,

공평하게 따듯한 마음을 서로 나누고,

모두 그렇게 따듯하게 따듯하게.'

사실 백석이 바라는 이상적인 세계는 그런 것이었다. 공

존과 평화. 인간들 간의 평화로운 공동체, 동물들 간의 평화로운 공동체, 사물들 간의 평화로운 공동체, 그리고 더 나아가서는 사람과 동물과 사물이 모두, 모든 존재하는 것들의 평화로운 공동체가 그의 이상 세계였다.

어떻게 하면 그런 세계가 올 수 있을까. 백석은 어린 시절부터 마음속으로 이런 세계를 꿈꾸고 있었고, 그런 세계를 이루는데 자신이 보탤 수 있는 것이 무엇인지를 찾으면서 살아왔다. 그런데 최근에 그는 그것을 잊고 있었다. 백석을 둘러싸고 돌아가는 세상이 하도 험악해서였을 것이다. 그리고 이제 여기 북신에서, 돼지 한 마리를 둘러싸고 서로들 정과 온기를 나누고 있는 이 투박한 사람들을 보면서, 그는 그가 꿈꾸어 왔던 세계를 다시 발견할 수 있었다. 이제 그는 그가 가야 할 길을 찾은 것도 같았다.

백석은 이날 밤 늦게까지 뭉클한 마음으로, 이 사람들과 삼십오 도짜리 소주도 한잔하면서, 둥글게 둥글게 어울렸다. 모든 시름을 잊고, 둥글게 둥글게.

8. 북방에서

　처음 여행을 시작할 때 백석의 몸과 마음은 무거웠다. 앞날에 대한 믿음이나 자신감도 없었고, 앞으로 어떻게 살아가야 할지 갈피를 잡지 못하고 있었다. 그러나 여행에서 돌아오는 길에서는 그렇지가 않았다. 무슨 일을 하든 시를 쓰면서, 어디에 있든 시를 쓰면서, 담대하고 당당하게 살아갈 자신이 생겼기 때문이다.

　백석은 여행에서 돌아오자마자 친구 정현웅을 다방으로 불러냈다. 정현웅이라는 친구는 백석이 〈여성〉에서 일을 할 때 만난 친구였는데, 그 둘은 마음이 아주 잘 맞았다. 이 친구는 화가였다. 그는 〈여성〉에서 백석의 옆자리에 앉아 많은 잡지의 삽화 표지화를 그리는 일을 담당하고 있었다.

　"정 형, 오랜만이야."

　"여행에서 언제 돌아왔는가. 내가 같이 가자는 말도 못 꺼내게 후다닥 혼자 떠나더니만 그래 재미는 좀 보았는가."

　"그래, 재미있었네. 아주 큰 소득을 얻어 온 여행이었네."

"그래? 그 소득이란 것이 뭔가."

"그것은 차차 알게 될 걸세. 그건 그렇고 경성은 그사이 뭐 달라진 거라도 있는가."

"자네가 얻어 왔다는 소득부터 말해보게. 나에게도 좀 나누어 주게나."

"정 형은 내가 얻은 소득 같은 거 없이도 잘 살고 있지 않은가."

"무슨 말씀을 그렇게 하시나. 요즘 아주 죽을 지경인데."

"왜, 무슨 일이 있는가?"

"말도 말게. 일본 쪽발이 놈들이나 조선 조센징 놈들이나 다들 미쳐가고 있다네."

"왜?"

"이광수나 최남선 같은 이들이 친일파가 되어 내선일체44를 주장하면서 조선의 청년들을 중일 전쟁에 동원하는데 한몫하고 있다는 것은 자네도 알고 있지 않은가."

---

44 내선일체 : 일본 제국이 일제 강점기 조선을 일본에 완전히 통합시키기 위하여 내세운 표어로, 곧 내지(內, 일본)와 조선(鮮)이 한 몸이라는 뜻. 조선인의 민족 정체성을 사라지게 하여 일본으로 편입시키려 한 일제의 민족 말살 정책의 일환.

"그렇지, 그래서 내가 정 형에게 그들을 생각하면 문학이 부끄럽고 조선이 부끄럽고 인간이 부끄럽다고 하지 않았는가."

"그런데 이제는 모두가 떳떳한 친일파가 되었다네."

"떳떳한 친일파?"

"우리가 몰랐던 게야. 이광수나 최남선뿐만 아니라, 이미 많은 문학인들을 포함한 예술가들이 친일 행위를 하고 있었다는 것을 말이야."

"그랬단 말인가."

"지금은 그들이 남보란 듯이 대놓고 친일 행위를 하고들 있다네. 자네가 잘 알고 있는 서정주, 주요한, 모윤숙, 노천명, 박영희……."

"아아, 그들이 모두 그렇게 되었다는 말인가."

"그뿐만이 아니네. 이제 우리 조선말로 문학 작품을 발표할 수 있는 신문사나 문학잡지도 다 사라질 것 같네."

"아니, 어떻게 그럴 수가 있는가?"

"조선어로 된 작품을 게재하면 일제가 그 신문사나 잡지사를 강제 폐간시킨다는 소문이 돌고 있네."

"어허, 그러면 일본어로 시를 써야 한단 말인가?"

백석은 정신을 차릴 수가 없었다. 벌써부터 그들 모두 친일파였고, 일제에 부역하는 자들이었고, 조선의 청년들을 팔아먹고 있었다는 말을 믿을 수가 없었다. 그것도 이제는 뻔뻔스럽게 드러내놓고 친일 행위를 하고 있다는 말에 백석은 얼굴이 하얗게 질렸다.

백석은 사실 언어에 특별한 재능이 있었다. 영어 선생이었으니 영어는 말할 것도 없고, 거의 독학하다시피 한 러시아어는, 영생 고보 시절 함흥에 머물고 있었던 러시아 사람을 찾아다니며 한층 그 실력을 높게 쌓았다. 일본에 유학까지 갔다 왔기 때문에 일본어에도 물론 자신이 있었다.

그러나 백석은 조선어 외에는 외국어로 된 시를 쓴 적이 없었다. 시를 통해 가장 '조선적인 것'을 드러내려는 백석이었기에 외국어로 시를 쓴다는 것은 말도 안 되는 일이었다. 더욱이 일본어라니, 조선 민족을 그토록 억압하고 있는 일본 사람들의 언어로 시를 쓴다니, 백석은 상상조차 할 수 없는 일이었다. 그는 단 한 번도 일본어로 된 시를 쓴 적도, 발표한 적도 없었다.

백석도 이렇게 사태가 진행될 줄은 어느 정도 예상하고 있었지만, 생각보다 상황은 급박하게 돌아가고 있었다. 결정을 해야 했다. 신문사에 일자리를 알아보거나, 한적한 시골

학교의 교사 자리를 얻어 봐야겠다는 생각은, 그러면서 시를 써보겠다는 생각은 현실과 너무나 동떨어진 생각이었다.

평북 지방을 여행하고 경성으로 돌아온 지 얼마 지나지도 않았는데, 백석에게도 시시각각 창씨개명과 징병의 압박이 들어오고 있었다. 시간이 없었다. 이렇게 그냥 있다가는 꼼짝없이 그들이 하라는 대로 창씨개명을 하고, 시도 일본어로 써야 될 판이었다. 아니면, 그 모든 것을 버리고, 시까지 버리고 아무도 모르는 곳으로 몸을 숨겨야만 될 처지에 놓이게 되었다. 그러나 어떻게 백석이 시를 버릴 수 있단 말인가. 백석에게 그건 곧 죽으라는 것과 같은 말이었다.

백석은 머리를 싸매고 이런저런 궁리를 하다가 결국 마음을 정하고 자야를 찾아갔다. 자야는 여전히 백석에게 화가 나 있을 것이지만, 그래도 그를 이해해줄 사람은 지금 자야밖에는 없었다. 그리고 백석의 결혼이 결코 그의 뜻이 아니었음을 자야도 충분히 이해하고 있었다. 백석은 어느 면에서는 상당한 자유주의자였으나 그는 절대로 부모님에게 반항하지 못하는 성격이라는 것도 그녀는 알고 있었다. 그래서 사실은 백석이 평북 지방으로 여행을 떠난 후 은근히 그를 기다리기도 했던 자야였다. 백석은 자야를 보자마자 다짜고짜 제안부터 하였다.

"자야, 우리 만주로 떠나자."

"만주? 갑자기 웬 만주요?"

"여기서는 도저히 내가 버텨낼 수 있을 것 같지가 않아."

"창씨개명이다, 조선어 사용 금지다, 뭐 그런 것 때문에 그래요?"

"그래, 내가 어떻게 일본 이름을 갖고 일본어로 시를 쓸 수 있겠어?"

"그 마음 충분히 이해해요. 하지만 아무런 연고도 없는 만주엘 가서 어떻게 살아요?"

"만주국은 일제의 괴뢰 정권이고 허울만 좋은 대동아 공영권45의 일제 속임수라고는 하지만, 그래도 거기는 여기보다는 나을 것 같아서 하는 말이야."

"그렇지만 거기서 뭘 먹고 사냐고요, 당신이 거기서 직업을 얻을 수 있겠어요. 그렇다고 만주 땅을 개간해서 농사를

---

45 대동아 공영권 : 일본을 중심으로 함께 번영할 동아시아의 여러 민족과 그 거주 범위. 태평양 전쟁 당시 일본이 아시아 대륙에 대한 침략을 합리화하기 위하여 내건 정치 표어.

지을 수 있겠어요, 불가능한 일이에요."

"그런데, 만주에서 발행되는 만선일보라는 신문사가 있대. 거기에 친구들이 이미 몇 명 가 있는데 그들이 도움을 줄지도 몰라."

"그렇게 아무 계획 없이 혹시나 해서 갔다가 낭패를 보고 온 사람들이 한둘이 아니에요."

"그래도 아직 그곳에서는 조선어로 시를 쓸 수 있고, 조선어 시를 만선일보에 게재할 수도 있대."

"아직 조선에도 조선어 시를 발표할 수 있는 문학잡지는 있어요."

"그렇지만 그 잡지들이 언제 폐간될지 모른다니까."

"아, 난 모르겠어요. 난 만주에 가서 살 자신이 없어요."

결국 자야는 백석의 제안을 거절하고 말았다. 백석도 더 이상 자야를 설득할 수가 없었다. 자야는 예술에도 상당한 재능이 있었지만, 먹고사는 문제에 대해서는 백석보다 몇 수 위였다. 백석은 그렇다고 이대로 경성에 눌러앉아 있을 수는 없었다.

그러다가는 일제가 시키는 대로 꼭두각시처럼 행동해야 될 것이 뻔했다. 창씨개명도 하고 조선의 청년들을 전쟁으로 내모는 문학인으로서의 나팔수 역할도 해야 될 것이 분명했다. 그것을 거부한다면 중일 전쟁에 개처럼 끌려가서 개 같은 죽음을 당할지도 모를 일이었다.

백석은 마침내 혼자서라도 조선을 떠나 만주로 가기로 결심했다. 지난 평북 여행에서 얻은 지혜, 소박하고 순수하고 인정이 있으면서도 담대하고 당당하게 살아가는 조선 사람으로서, 가장 조선적인 시를 쓰면서 부끄럽지 않게 살아가는 것, 백석은 그것이 자신을 살리는 유일한 길이라고 생각했다.

백석의 결심은 신속히 이행되었다. 2월의 마지막 추위가 고삐 풀린 망아지처럼 사나울 때였지만, 몇 개의 옷가지만 챙겨 백석은 만주 신경으로 향하는 기차에 몸을 실었다. 백석은 기차 안에서 굳은 결심을 했다. 아무리 큰 난관이 닥쳐온다 할지라도 백석이라는 '나'를 잊어서는 안 된다고. 만주에 가서 기필코 시 100편은 얻어 오리라고.

만주 신경에 도착한 백석은 먼저 기거할 수 있는 방과 일자리를 알아보아야만 했다. 그런데 천만다행으로 먼저 와 있던 몇몇 친구들의 도움을 받아, 옹색하지만 잠자리와 일자리도 얻을 수 있었다.

친구와 함께 기거하는 방은 혼자서 지내기도 모자랄 만

큼 비좁았고, 또한 그 방과 같은 크기의 방들이 수십 개씩 마치 닭장처럼 닥지닥지 붙어 있었다. 모든 게 좁고 좁았다. 공중 화장실이든 공중 세면실이든 모든 게 좁고 좁았다. 때때로 거기에서 생활하는 다른 나라 사람들, 중국인들과 몽골인들과 러시아인들과 부딪쳐서, 방문 앞을 지나다니기조차 힘들 정도로 좁았다.

위생은 더욱 엉망이었다. 온갖 잡스럽고 역겨운 냄새가 사방에서 꾸역꾸역 몰려 나와서 숨 쉬는 것도 괴로울 지경이었다. 결벽증이 좀 있는 백석에게는 참으로, 참으로 견디기 힘든 환경이었다.

그러나 백석은 참아야 했다, 참아내기로 했다. 그리고 백석이 잘할 수 있는 일은 아니었지만 일자리도 하나 얻을 수 있었다. 바로 만주국 경제부에 소속된 측량 업무를 보조하는 일이었다.

이렇게 견디기 힘든 상황이었지만 그래도 백석은 다행이라고 생각했다. 경성에 있었다면 지금 무슨 험한 꼴을 당하고 있었는지도 모를 일이었다.

백석은 최선을 다해서 살려고 노력했다. 최선을 다해 조선적인 시를 쓰려고 애썼다. 비록 잠자리도 일자리도 아주 안 좋은 형편이었지만 백석은 잘 참아내고 있었다, 사실은 참아내려고 이를 악물고 노력하고 있었다는 말이 옳았다. 생각했던 것보다도 훨씬 더 만주 생활은 그리 호락호락하지 않았다.

정말 오족협화라는 말은 거짓에 불과했다. 오족협화는 일본인과 조선인과 한족, 만주족, 몽골족의 다섯 개 민족이 서로 화합하고 힘을 합쳐, 이상적인 나라를 만들자는 일본 제국주의의 주장이었으나, 실상은 전혀 그렇지가 않았다.

만주국은 일제가 만주를 식민지화하려는 명분에 불과했다. 만주국에서 일본인들은 1등 국민의 대접을 받았고, 나머지 민족들은 모두 야만족에 불과했다.

백석의 만주 생활은 시간이 흐를수록 그의 몸과 마음을 옥죄어갔다. 백석은 러시아인들이 거주하는 지역을 찾아가 러시아어를 배우는데 몰두해보기도 하였고, 만주에 먼저 와 있던 친구들을 만나 밤을 새워 술을 마시며 서로의 고민과 고통을 나누어보기도 하였으나, 그런 것들도 백석에게는 아무 도움이 되질 못했다.

만주국 경제부 소속 측량 보조원으로서 백석이 하는 일도 그의 능력과 성격에 전혀 걸맞지 않는 것이었다. 하루 종일 이리저리 다니면서 막대기를 붙잡고 서 있는 것이 다였다. 백석은 그때마다 하늘을 보며 자신의 처지를 한탄하면서 슬퍼해야만 했다.

거기다가 급기야 만주국에까지 일제의 강압적인 창씨개명 요구가 시작되었다. 기대하고 있었던 만선일보라는 신문사도 만주국을 홍보하는 역할에 혈안이 되어 있을 뿐, 자유로운 글쓰기, 시 쓰기를 보장하는 곳이 아니었다.

백석은 답답한 마음에 틈만 나면 북만주 지역을 떠돌아다녔다. 틈만 나면 북만주 지역을 헤매고 다니며 자신과 조선 민족의 서글픈 현실에 가슴 아파했다. 어미 잃고 우는 새끼 오리처럼, 어미 잃고 우는 망아지처럼. 그러면서 생각하게 되었다.

'아득한 옛날에는 이곳이 우리 민족의 영토였다.

부여와 숙신과 발해와 여진족이 살던 나라, 요나라와 금나라가 있던 이곳,

흥안령46에서 음산47까지 그리고 흑룡강48과 송화강49에

---

46 흥안령 : 중국 네이멍구 자치구[內蒙古自治區] 동부 헤이룽장성[黑龍江省] 북부 산맥의 총칭.

47 음산 : 중국 몽골 고원 남쪽에 뻗어 있는 산맥.

48 흑룡강 : 러시아 연방 시베리아 남동부에서 발원하여 중국 둥베이의 국경을 따라 동쪽으로 흘러 타타르 해협으로 들어가는 강.

이르기까지

　이 넓은 지역이 다 우리 고구려의 영토였다.

　우리는 왜 그들을 떠났는가. 우리는 왜 그들을 그토록 쉽
게 떠나면서,

　범과 사슴과 너구리를 배반하고

　송어와 메기와 개구리를 버렸는가.

　자작나무와 잎갈나무들도 슬퍼했으리라,

　갈대와 창포 들도 가지 말라고 붙들었으리라,

　오로촌50이나 솔론51 같은 우리와 같은 조상의 소수
민족들이,

　멧돼지를 잡아 잔치를 열면서 가지 말라고,

　십 리 길을 울면서 따라 나왔으리라.

　우리는 그때 그들을 떠나와

　아무 슬픔도 시름도 없이,

---

49 송화강 : 백두산 천지에서 발원한 강으로, 흑룡강의 가장 큰 지류.
50 오로촌 : 중국 동북 지방에 거주하는 소수 민족의 하나.
51 솔론 : 중국 동북 지방에 거주하는 소수 민족의 하나.

동방의 따스한 햇발 아래서 그저 하얀 옷을 입고 하얀 밥을 먹고 하얀 물을 마시며 낮잠이나 자면서,
아무 부끄러움도 없이 살았다.

그러는 동안 돌비석도 깨어지고, 많은 금은보화는 그대로 땅에 묻혔다.
그러다가 이제는,
참으로 이기지 못한 슬픔과 시름에 쫓겨,
여기 이곳, 옛 하늘로 땅으로, 나의 태반으로 돌아왔으나,

이미 늦었다, 해는 늙고 달은 파리하고 바람은 미쳐서 불고 보랏빛 구름만 혼자 넋 없이 떠돌고 있는데,
아, 이제 나에게는 나의 조상도, 형제도, 일가친척도, 정다운 이웃도, 그리운 것도, 사랑하는 것도, 우러르고 싶은 것도, 나의 자랑도, 나의 힘도 없다.
바람과 물과 세월과 같이 다 지나가고 없다.'

백석의 눈에서 눈물이 흘렀다. 고개를 푹 숙인 채, 마음도 푹 숙인 채. 어깨가 축 처진 채, 마음도 축 처진 채.

9. 조당[52]에서

　백석이 이렇게 만주에 머무는 동안 자야가 한차례 검정 두루마기를 손수 지어 백석에게 보냈다. 백석은 그 두루마기를 보고 가슴속으로 얼마나 많은 눈물을 흘렸는지 모른다. 백석이 보기에 그 두루마기에는 자야뿐만이 아니라, 아버지도 어머니도, 살뜰하게 지내던 일가친척들도 모두 그 속에 들어 있는 것만 같았다. 조선의 오리와 너구리와 노루도, 조선의 메밀국수와 가자미와 동치미도 모두 그 속에 들어 있는 것만 같았다. 백석은 조선이 너무도 그리워졌다.

　또 한 번은 친구 허준이 백석을 찾아왔다. 허준은 백석의 모습을 보고 얼마나 가슴 아파했던가. 그 고고하고 도도하고 자존심 강한 백석의 모습이 이렇게 처참하게 무너져 있다니, 허준은 너무나 안타까워 백석을 똑바로 바라볼 수조

---

52 조당(澡堂) : 중국어로 짜오탕. 목욕탕의 중국말. 허름한 옛날식 공중목욕탕.

차 없을 지경이었다.

백석도 허준을 바라보는 마음이 똑같았다. 경성에 남아 일제의 요구대로 하지 않기 위해 발버둥 치고 있는 허준의 모습이, 그의 초췌한 외모에서 절절하게 묻어 나오고 있었던 것이다. 두 사람은 많은 이야기를 나누지도 못하고 헤어져야만 했다. 이미 서로에게 위로를 건넨다는 것 자체가 아무 소용이 없다는 것을 서로 잘 알고 있었기 때문이다.

결국 백석은 만주국 경제부 측량 보조원의 일을 6개월 만에 그만두었다. 더 이상은 견뎌낼 수가 없었다. 창씨개명의 강요와 만주국의 선전 매체인 만선일보에서의 압력을 더 이상 견뎌낼 수가 없었다.

백석은 아무리 가난해도 조선을 버리는 짓은 결코 할 수가 없었다. 조선을 버리고 조선어를 버리는 짓은, 시를 쓰지 못한다 할지라도 차마 그 노릇은 할 수가 없었다.

백석은 측량하는 일을 그만두고 농사를 지어보기로 했다. 백석은 어릴 때에도 농사를 지어본 적이 없었다. 아버지가 신문사 촉탁 사진사로 일을 하고 있었기 때문에 백석이 직접 농사를 지어볼 기회는 없었다.

그렇지만 그는 그가 나고 자란 농촌 풍경을 좋아했다. 그는 농촌의 친척들과 이웃들과 함께 어울려 놀던 같은 또래의 친구들을 좋아했다. 그들은 사람이 어떻게 살아가야 하는지를 백석에게 가르쳐준 사람들이었다.

백석은 또한 그런 시골의 자연을 사랑했다. 당나귀와 노루와 오리와 뱁새를, 박꽃과 너구리와 까치와 송아지를 사랑했다.

백석은 팔원으로 여행하면서 어느 날 밤에 꾸었던 꿈이 생각났다. 평화로운 연자간의 풍경! 백석은 그 꿈을 생각해 내고는 만주 시골에서 부자라고 소문난 왕씨라는 사람을 찾아갔다.

길림성 장춘시에 있는 어느 밭에서 백석은 이 왕씨라는 중국 사람을 만났다. 어느덧 4월이라 눈도 녹고 얼음도 녹아 땅이 풀리고 있었다. 밭 언저리에는 여기저기 버들가지가 피어나고 있었고, 햇볕은 따스했고 바람도 솔솔 부드러운 봄바람이 불고 있었다.

왕씨가 말했다.

"나는 집에 말과 나귀며 오리에 닭도 많이 있소. 고방엔 감자와 콩 곡식들도 그득하다오."

"예, 걱정이 없으시겠습니다."

"그래요, 이제 난 늙어서 이 밭을 일구어나갈 힘이 없어요. 그래서 종다리 새소리나 들으며 지내려 하오. 잘 가꾸어보시오."

"예, 감사합니다."

"그런데 선생이 농사를 지을 수 있겠소? 경험이 있소?"

"아닙니다, 직접 경험은 없지만 어릴 때부터 농사일은 많이 보아왔습니다."

"농사일이 쉬울 거라고 생각하면 크게 잘못이오. 생각보다 꽤 어렵고 힘이 드는 일이라오."

"그래도 제가 했었던 측량보다는 낫겠지요."

"글쎄, 그럴까."

"큰돈을 벌려는 것이 아니라, 그저 수박이나 감자가 열리면 먹기도 하고 팔기도 하면서, 짐승들하고도 같이 먹고, 도둑이 좀 가져가게도 놔두고, 그렇게 할 생각입니다."

"허허허, 거 참, 팔자 좋은 소리 하시는구려, 아무래도 제대로 잘 할 거 같지가 않은데."

왕씨는 백석을 미심쩍어하면서도 그에게 밭을 빌려 주기로 했다. 백석은 오랜만에 마음이 들떴다. 백석은 이 밭에

감자, 옥수수, 수박, 오이, 강낭콩, 마늘과 파도 심으리라,
생각했다.

왕씨와 헤어져 돌아오는 길에서는 절로 기분이 좋아졌
다. 마을에서는 닭이며 개며 말과 돼지 들이 소란스럽게 떠
들어 대고 있었고, 길가에는 아이들과 어른들이 웅성웅성
흥성거렸다. 길가 어느 집 지붕에, 바람벽에, 싸리나무 울
타리에, 다복다복 햇볕이 내리쬐고 있었다.

백석은 그 햇볕이 자신의 마음속에도 비치는 듯 느껴졌
다. 얼마 만에 맞아보는 평화로움인가, 얼마 만에 맛보는
자연의 풍경인가, 얼마 만에 얼어붙었던 마음이 풀어지고
있는가, 백석은 이대로 더 바랄 것이 없었다. 더러워진 마
음이 깨끗이 씻어질 것 같았다. 농사를 지으며 여유를 갖고
시도 쓰고 해야지, 라고 백석은 생각했다.

백석은 돌아오는 길에 대중목욕탕에도 들렀다. 마음이
깨끗해졌으니 몸도 깨끗이 씻고 싶은 생각이 들어서였다.

백석은 따뜻한 욕조에 몸을 담갔다. 그는 욕조에 들어가
처음에는, 조상이 다른 이 중국 사람들, 언제는 은나라 사
람들이었고, 언제는 상나라 사람들이었고, 언제는 월나라
사람들이기도 했던, 이들과 같이 한 물통 안에서 발가벗고

목욕을 한다는 것이 이상하기도 하고 우습기도 했다. 말도 다르고 먹고 입는 것도 다른 사람들끼리 이렇게 둥그렇게 모여 몸을 다 드러내놓고 있다니, 여기 어디에 일본 사람도 분명 있을 것인데.

이렇게 목욕을 하는 것이 이상하기도 하고 우습기도 하다는 생각을 하던 백석은, 시간이 지나면서 여러 나라 사람들이 아무런 거리낌이나 미워하는 감정도 없이, 함께 이러고 있다는 것이 갑자기 슬퍼졌다.

어릴 때 마을 입구에서 사람들이 둥그렇게 모여 모닥불을 쬘 때처럼, 북신의 여인숙 마당에서 사람들이 둥그렇게 모여 돼지고기를 먹을 때처럼, 서로 딴 나라 사람들이 한 물통 속에서 이렇게 둥그렇게 모여 함께 때를 불리고 있다는 것이 슬퍼졌다.

백석은 인간들이 서로 욕심을 버린다면, 인간들이 내 나라, 남의 나라 구분 없이 그저 다 같은 인간이라는 생각을 할 수만 있다면, 인간은 본래 누구나 다 슬픈 족속이라는 생각을 할 수만 있다면, 그러니 인간은 서로 사랑할 수밖에 없다는 것을 인정할 수만 있다면, 그러면 남의 나라에 대한 미움이나 침략이나 전쟁 따위는 없을 것이라고 생각했던 것이다.

이런 생각을 하면서 목욕탕에 들어앉은 백석에게는, 저기 나무판에 홀랑 벗고 나가 누워서, 저녁 햇볕을 한없이 바라보며 무언가를 즐기는 듯한 목이 긴 사람은 도연명[53]처럼 보였고, 더운물 속에 뛰어들며 무슨 물새처럼 악악, 소리를 지르는 사람은 양자[54] 같은 사람으로도 보였다. 그들을 그렇게 바라보자, 백석은 평소 존경하던 옛 중국 사람들을 만나고 있는 것 같아 마음이 편안해지기도 하였다.

백석은 이 사람들의 한가하고 게으른 마음이 참으로 좋았다. 백석의 눈에 그들은 더운물에 몸을 불리거나 때를 밀거나 하는 것도 잊어버리고, 제 배꼽을 들여다보거나 남의 얼굴이나 쳐다보기도 하면서, 무슨 맛있는 음식이나, 어느 곱디고운 처녀를 생각하고 있을 것만 같았다.

백석은 그들이 그러면서 목숨이라든가 인생이라든가 생명 같은 것들을 정말 사랑할 줄 아는 사람들로 느껴졌다. 여기가 유럽이었다면, 프랑시스 잼[55]과 라이너 마리

---

53 도연명 : 전원으로 돌아가 술과 국화를 사랑하며 살았던 육조 시대의 대시인.
54 양자(楊子) : 중국 전국 시대의 학자.
55 프랑시스 잼 : 순박함과 겸손의 상징인 나귀를 사랑하고 자주 나귀를 타고 다

아 릴케56도 이렇게들 같이 둥그렇게 모여서 함께 목욕을 하고 있을 것이리라는 생각도 하게 되었다.

녔다는, 자연과 동물과 농민과 신을 노래한 프랑스 시인.

56 라이너 마리아 릴케 : 20세기 최고의 독일 시인 중 한 사람. 섬세하고 세련된 시어와 감수성으로 고독, 불안, 죽음, 사랑 등에 대해 명상적, 신비적 시를 썼던 시인.

4부. 쓸쓸하니

10. 흰 바람벽이 있어

백석의 농사 계획은, 아니나 다를까 실패로 돌아갔다. 밭의 주인인 왕씨가 친절하게도 온갖 씨앗을 다 준비해 주었으나, 백석은 처음부터 씨앗들을 어떻게 심어야 하는지를 몰랐던 것이다. 어떤 씨앗은 고랑이나 이랑을 만들어 심어야 하는지, 또 어떤 씨앗은 그냥 평평한 땅에 심어야 하는지도 몰랐던 것이다.

감자를 통째 심어야 하는지, 아니면 감자 눈이 있는 쪽으로 갈라서 심어야 하는지도 몰랐던 것이다. 수박씨나 오이씨나 파씨를 심는데, 땅을 얼마나 깊이 파고 심어야 하는지도 몰랐던 것이다. 어릴 적 눈으로 몇 번 보기만 했지 막상 직접 심어보려니 아무것도 몰랐던 것이다. 백석에게 농사 짓는 일이란 시 쓰는 일보다 더 어려웠던 것이다.

백석은 난감했다. 난감한 정도가 아니라, 어리석었던 자신이 부끄러웠고, 절망스러웠다. 그는 할 수 있는 일이 이제 아무것도 없다는 생각에 자신의 무능과, 대책이 없는 자신의 현실 감각을 꾸짖으며 며칠 밤낮을 괴로워해야만 했다.

집에도 들어가지 않고 상춘의 한 여인숙에서 조라한 자신을 질타하며 보내던 어느 날, 백석은 한 아이의 울음소리를 듣게 되었다.

전날 밤에 이 여인숙으로 승합자동차를 타고 온 아이가 있었다. 부모를 잃고 혼자 버려진 아이일까. 날은 아직 추운데 윗도리에 무슨 두룽이[57] 같은 것을 걸치고 아랫도리는 발가벗고 있었다. 얼굴은 뭔가가 잔뜩 묻어 있었고, 머리카락이 노란 아이였다. 이 아침에 무엇에 놀랐는지 울고 있었다.

그 울음소리는 다른 아이들처럼 고집이 세거나 잔뜩 겁에 질린 소리가 아니라 웅숭깊고 목이 쉰 듯한 소리였다. 아이는 그런 목소리로 스스로 울음소리를 삼가는 듯이 조용히 울고 있었다. 백석은 이렇게 속으로 참아가며 슬픔을 꾹꾹 눌러 삼키는 아이의 울음소리를 듣고는, 자신의 처지가 이 아이의 처지와 같다는 생각이 들었다. 백석에게도 부모도 아내도 일가친척도 없었다. 백석도 아랫도리에 아무것도 입고 있지 않은 듯 온몸이 떨려왔다. 이 아이와 마

---

57 두룽이 : 추위를 막기 위해 어깨 위에 둘러쓴 망토 모양의 옷을 말하는 평북 방언.

찬가지로 백석도 스스로 할 수 있는 일은 아무것도 없었다. 혼자서 속으로 슬픔을 누르며 눈물을 흘리고 있는 것 말고는.

백석은 그날 밤 잠을 이루지 못하고, 십오 촉 전등이 비추는 바람벽을 바라보면서 이런 생각을 하게 되었다.

'오늘 저녁 이 좁다란 방의 흰 바람벽에
어쩐지 쓸쓸한 것만이 오고 간다
이 흰 바람벽에
희미한 십오촉(十五燭) 전등이 지치운 불빛을 내어던지고
때글은[58] 다 낡은 무명샤쯔가 어두운 그림자를 쉬이고
그리고 또 달디단 따끈한 감주나 한잔 먹고 싶다고 생각하는 내 가지가지 외로운 생각이 헤매인다'

그러다가 백석은 또 그 바람벽에서 어떤 그림들이 마치 영화의 영상처럼 지나가는 것도 보게 되었다. 거기에는 늙

---

58 때글은 : 때가 묻어 검게 된.

은 어머니가 추운 날씨인데, 차가운 물에 무와 배추를 씻는 장면도 있었고, 사랑했던 여인이 결혼을 하여 그의 남편과 아이와 함께 작은 집에서 대굿국을 끓여 놓고 저녁을 먹는 장면도 있었다.

'그런데 이것은 또 어인 일인가

이 흰 바람벽에

내 가난한 늙은 어머니가 있다

내 가난한 늙은 어머니가

이렇게 시퍼러둥둥하니 추운 날인데 차디찬 물에 손은 담그고 무이며 배추를 씻고 있다

또 내 사랑하는 사람이 있다

내 사랑하는 어여쁜 사람이

어느 먼 앞대 조용한 개포가[59]의 나즈막한 집에서

그의 지아비와 마조 앉어 대구국을 끓여놓고 저녁을 먹는다

벌써 어린 것도 생겨서 옆에 끼고 저녁을 먹는다'

---

59 개포가 : 강이나 내에 바닷물이 드나드는 곳.

그리고 그 바람벽에서 백석은 쓸쓸한 자신의 모습도 보게 되었다. 백석 자신이 스스로를 타이르며 지나가는 글자들도 읽게 되었다.

'그런데 또 이즈막하야 어늬 사이엔가
이 흰 바람벽엔
내 쓸쓸한 얼굴을 쳐다보며
이러한 글자들이 지나간다
— 나는 이 세상에서 가난하고 외롭고 높고 쓸쓸하니 살어가도록 태어났다
그리고 이 세상을 살아가는데
내 가슴은 너무도 많이 뜨거운 것으로 호젓한 것으로 사랑으로 슬픔으로 가득 찬다
그리고 이번에는 나를 위로하는 듯이 나를 울력하는 듯이
눈질을 하며 주먹질을 하며 이런 글자들이 지나간다
— 하늘이 이 세상을 내일 적에 그가 가장 귀해하고 사랑하는 것들은 모두
가난하고 외롭고 높고 쓸쓸하니 그리고 언제나 넘치는 사랑과 슬픔 속에 살도록 만드신 것이다

초생달과 바구지 꽃과 짝새와 당나귀가 그러하듯이
그리고 또 '프랑시스 쨈'과 '도연명(陶淵明)'과 '라이넬 마
리아 릴케'가 그러하듯이'

그러면서 백석은 자신이 현실적으로는 가난하고, 사람
사이에서는 외로우나, 시를 쓰는 높은 이상 속에서 살아갈
수밖에 없는 시인이라는 것을 다시 한번 깨닫게 되었다. 그
러나 그 모든 것이 참으로 서럽고 슬픈 사람의 삶일 수밖에
없다는 것도 다시 한번 인정하게 되었다.

백석은 그렇게 사는 것이 자신의 운명이라고 생각했다.
또한 하늘이 가장 귀하게 여기고 사랑하는 것들 모두도, 그
렇게 사랑과 슬픔 속에 살아가도록 만들었다고 생각하게
되었다. 초승달과 박꽃과 뱁새와 당나귀가 그러하듯이, 그
리고 또 프랑시스 잼과 도연명(陶淵明)과 라이너 마리아 릴
케가 그러하듯이.

11. 남신의주유동박시봉방[60]

　백석은 농사에 실패하고 절망적인 나날을 보내고 있었다. 시인은 하늘이 가난하고 외롭고 높고 쓸쓸하게, 그리고 언제나 넘치는 사랑과 슬픔 속에 살아가도록 만들었다는 것을 백석은 알고 있었으나, 현실은 그에게 너무도 참혹했다. 막 구둣발에 짓뭉개질 새끼 거미처럼 그의 마음은 처참했다.

　백석은 어쩌면 자신에게 하늘의 형벌이 내렸을지도 모른다고 생각했다. 백석은 이 세상에 오기 전에 하늘에 대체 무슨 죄를 지었던 것일까.

　그때 조선에서 들려오는 소식이란 무슨 무슨 신문사나 무슨 무슨 문학잡지가 폐간되었다거나, 친일파가 되어 어떤 시인이나 소설가나 평론가 들이 일본의 천황을 우러르

60　남신의주유동박시봉방(南新義州柳洞朴時逢方) : '유동'은 신의주 남쪽 지역에 있는 동네 이름. '박시봉'은 시의 화자가 세 들어 살고 있는 집주인의 이름. '방' 은 편지에서 세대주나 집주인의 이름 아래 붙여 그 집에 거처하고 있음을 나타내는 말.

며 조선의 청년들을 전쟁터로 내모는 전쟁 찬양 글들을 쓰는 데 몰두하고 있다는 것뿐이었다.

그래서 수백, 수천 명의 조선 청년들이 끊임없이 전쟁터로 내몰리고 있다는 것이었다. 일제는 이때 미국의 진주만을 기습 침공함으로써 태평양으로까지 중일 전쟁을 확대하고 있었다. 참으로 암담한 노릇이었다.

백석은 모든 것이 부끄러웠다. 이렇게 초라하게 생활하고 있는 자신의 모습은 물론 시인이라는 사실 자체도 치욕스럽고 모욕적으로 느껴졌다.

그러던 어느 날 친구 허준이 백석을 찾아왔다.

"아니, 어떻게 나를 찾아냈는가."

"이리저리 수소문해서 간신히 찾았네. 자네 그 몰골이 뭔가, 사람 꼴이 아니란 말일세."

"어쩌겠는가, 이렇게 생겨먹은 것을."

"이보게, 어쨌든 살아야 할 것이 아닌가. 먼저 살고는 봐야 자네의 그 드높은 시도 쓸 수 있는 것이 아니겠는가."

"요즘엔 시 쓴다는 것도 부끄러울 뿐이네."

"무슨 소린가. 자네 같은 천재가 그런 말을 하면 다른 시인들은 다 죽으란 말인가."

"천재? 내가 천재라고? 허튼소리 말게. 나는 시를 쓸 자격도 없는 인간이네."

"그런 소리 말게. 나는 자네를 믿네. 자네는 틀림없이 조선 최고의 시를 넘어 세계적인 시를 쓸 수 있을 것이네."

"어허, 어떻게 시를 쓴단 말인가. 나에게는 종이를 살 돈도, 펜을 살 돈도 없다네. 그보다도 그 높은 마음, 그 높은 정신이란 것도 지금 내게는 허무맹랑한 헛소리로 들리네."

"이보게, 내 말을 좀 들어보게. 지금 안둥61 세관에서 세관원을 뽑고 있다고 하네. 자네 같은 학벌에, 경력에, 또 그만한 능력이면 세관에서 일을 할 수 있을 것이네."

"그런가?"

"그렇다네. 시도나 한 번 해보게. 내 소원일세."

"내가 세관에서 일을 할 수 있을까?"

"그러네, 다만……."

"다만 뭔가?"

"다만, 자네가 그토록 거부하고 있는 창씨개명을 한 사람이라야 한다는 조건이 있네."

---

61 안둥 : 중국 랴오닝성에 있는 도시로, 단둥[丹東]의 전 이름.

"뭐라고? 나보고 일본 사람이 되란 말인가?"

"일본 사람이 아니라 이름만 잠시 좀 바꾸어보라는 것이네."

"그런 소리 하려면 그만 가게!"

백석은 허준의 말을 듣고 또다시 실망하지 않을 수 없었
다. 지금까지 조선적인 것을 위해 그토록 버텨 왔건만 이제
와서 창씨개명을 한다는 것은 그에겐 너무나 비참한 짓거
리였던 것이다.

그러나, 그러나, 그러나.

백석도 살기 위해서는 옷이 필요하고 먹을 것이 필요하
고 잠잘 곳이 필요한 하나의 나약한 인간이었다. 이대로 죽
을까, 하고 생각도 해봤지만 차마 그럴 수도 없었다.

몇 날 며칠을 고민하던 백석은 결국 더러운 세상에 지고
말았다. 허준의 제안을 받아들이기로 했던 것이다. 나무나
풀이나 돌멩이처럼 아무 감정도 없는 사람처럼.

백석이 농사에 실패한 그해 연말에, 그러니까 1941년 말
에 백석은 만주의 신경을 떠났다. 정말 더 이상은 버텨낼
수가 없었다. 그는 추워서가 아니라 하도 부끄러워서 모자
를 눈썹까지 눌러쓰고 목도리를 코 위까지 덮어 두르고, 만
주를 떠나 안동(안둥)으로 향했다.

백석의 안동에서의 생활은 겉으로는 조금 안정적으로 보였으나, 속으로는 역시 끔찍한 나날의 연속이었다. 일본식의 이름으로, 일본을 위해, 다른 사람들로부터 세금을 거두는 일을 하고 있다는 것이, 백석에게는 죽는 것만큼이나 하기 싫은 일이었다. 백석은 그야말로 억지로 억지로 생계를 유지하고 있었다.

역시 또 백석의 세관원 노릇은 오래가지 못했다. 그는 안동 세관원으로서의 일을 1년도 채 안 되어 그만두고 말았다. 그러고는 어디론가 사라져버렸다. 백석은 그 후 세상 밖으로 모습을 드러내지 않은 채 절필62과 은둔의 생활에 들어갔다. 해방이 될 때까지 이 시기 백석에 대하여 아는 사람은 아무도 없었다.

1945년 8월 15일, 일본의 패전으로 마침내 조선에도 해방이 찾아왔다. 조선 민족이 얼마나 기다리던 해방이었던가, 얼마나 애타게 바라던 해방이었던가, 얼마나 가슴 졸이며 사무치게 고대하던 해방이었던가.

---

62 절필 : 붓을 놓고 다시는 글을 쓰지 않음의 뜻.

그러나 환호하는 만주의 동포들 사이에서도, 조선으로 향하는 귀국 행렬에서도 백석의 모습은 보이지 않았다. 독립운동을 하던 사람들도, 만주로 피신해 있던 서민들도, 돈을 벌기 위해 조선을 떠났던 장돌뱅이들도, 아이도 어른도, 여자도 남자도, 모두들 귀국하기 위하여 압록강으로 두만강으로 나루터로 기차역으로 몰려들고 있었으나, 징용이나 징병을 피해 만주로 도망쳐 왔던 청년들도, 일본군 위안부로 잡혀가지 않기 위해 만주에서 몸을 피하고 있었던 청년들도 모두 모여들고 있었으나, 그 어느 곳에서도 백석은 보이지 않았다.

백석은 차마 귀국길에 오를 수가 없었다. 너무나 부끄러웠기 때문이다. 백석이 생각하기에 조선의 독립을 위해 그가 한 일은 아무것도 없었다. 신문사에서 일을 할 때에도, 영생 고보의 선생이었을 때에도, 그가 조선의 독립을 위해 한 일은 아무것도 없었다. 그렇다고 그의 시가 조선의 독립에 무슨 보탬이라도 되었던가. 게다가 그는 안동 세관원으로서 먹고살기 위해 창씨개명까지 하지 않았던가.

백석은 조선으로 돌아갈 면목이 없었다. 어떻게 조선으로 돌아가 얼굴을 들고 다닐 수 있단 말인가. 어떻게 조선으로 돌아가 다시 시를 쓸 수 있다는 말인가.

그러나 안동 어딘가의 골방에서 숨어 지내던 백석은 조
선이 너무나 그리웠다. 부모님이 그리웠고, 친척들도 그리
웠고, 친구들도 그리웠다. 고향도 그리웠고, 함흥도 그리웠
고, 팔원이나 북신도 그리웠고, 경성도 평양도 그리웠다.
조선에서 살고 있는 노루와 망아지와 토끼도, 당나귀와 오
리와 그리고 승냥이들까지도 그리웠다. 메밀국수와 동치미
와 그때 그 털도 안 뽑은 돼지고기도 그리웠다.

　백석은 이 그리움을 견딜 수가 없었다. 이 그리움은 먼저
백석의 마음을 갉아먹을 듯이 찾아왔고, 다음에는 그의 가
슴을 후벼 파듯이 찾아왔고, 또 그다음에는 그의 정신을 찢
어놓을 듯이 찾아왔다. 또 이 그리움은 그의 몸에도 찾아왔
다. 처음에는 그의 심장을 송곳처럼 찌르듯 찾아왔고, 다음
에는 명치끝을 끊어내듯 찾아왔고, 또 그다음에는 손가락
과 발가락 끝까지 저리도록 찾아왔다.

　마침내 백석은 조선으로 돌아가기로 했다.

　그는 안동에서 기차역으로 갔다. 백석이 먼저 보고 싶은
부모님과 고향 정주에 가기 위해서는 안동에서 경의선 기
차를 타야 했다. 경의선은 안동에서 신의주를 거쳐 정주로
갈 수 있는 노선이었다. 대부분의 동포들은 이미 귀국한 후

였는지 기차역은 그다지 붐비지 않았다. 백석은 떨리고 떨리는 마음으로 기차에 올랐다.

기차가 압록강을 건너 조선 땅에 들어섰다. 이때부터 백석에게 또다시 갈등이 찾아왔다. 아직도 백석은 자신의 부끄러움을 떨쳐내지 못하고 있었다. 결국 백석은 남신의주 역에서 내리고 말았다.

남신의주는 고향은 아니었어도 해방을 맞은 조선 땅을 밟은 백석의 가슴을 뛰게 했다. 이곳이 내가 그토록 그리워하던 해방된 조선이다! 내가 나고 자라고 공부를 하고 시를 쓰던 곳, 아아, 나의 나라, 나의 친구들!

백석은 하염없이 걷고 또 걸었다. 백석이 남신의주 역에서 내린 것은 언젠가 잠시 이곳에서 머물던 기억이 났기 때문이다. 일제의 만행과 조선 문인들의 행위에 치욕과 울분으로 가득 차 있던 때, 조선의 땅이라도 밟아 위로를 받고 싶었던 때, 이곳 남신의주에서 며칠을 묵었던 기억이 있었기 때문이다. 묵으면서 시를 썼던 기억이 났기 때문이다. 그 시의 제목은 '남신의주유동박시봉방'이었다.

어느 사이에 나는 아내도 없고, 또,
아내와 같이 살던 집도 없어지고,

그리고 살뜰한 부모며 동생들과도 멀리 떨어져서,

그 어느 바람 세인 쓸쓸한 거리 끝에 헤메이었다.

바로 날도 저물어서,

바람은 더욱 세게 불고, 추위는 점점 더해 오는데,

나는 어느 목수네 집 헌 삿[63]을 깐,

한 방에 들어서 쥔을 붙이었다[64].

이리하여 나는 이 습내 나는 춥고, 누긋한 방에서,

낮이나 밤이나 나는 나 혼자도 너무 많은 것같이 생각
하며,

딜옹배기[65]에 북덕불[66]이라도 담겨 오면,

이것을 안고 손을 쬐며 재 우에 뜻없이 글자를 쓰기도
하며,

또 문밖에 나가디두 않고 자리에 누워서,

머리에 손깍지벼개를 하고 굴기도[67] 하면서,

나는 내 슬픔이며 어리석음이며를 소처럼 연하여 쌔김

---

63 삿 : 삿자리, 갈대를 엮어서 만든 자리.

64 쥔을 붙이었다 : 주인집에 세를 들었다.

65 딜옹배기 : 질옹배기, 둥글넓적하고 아가리가 벌어진 작은 질그릇.

66 북덕불 : 짚이나 풀 따위가 뒤섞여 엉클어진 뭉텅이에 피운 불.

67 굴기도 : 구르기도.

질하는 것이었다.

그랬다. 그때에는 정말 가슴이 꽉 메어왔고, 자신도 모르
게 뜨거운 눈물도 흘렸다. 그러면서 또 한 편으로는 얼굴이
화끈거리며 달아오를 만큼 한없이 부끄럽기도 했다. 그러
다가 백석은 '나는 내 슬픔과 내 어리석음에 눌려 죽을 수
밖에 없겠다'는 생각조차 하게 되었다.

백석은 박시봉씨 방에서 며칠을 보내며 그렇게 실의에
빠져있었다. 세상을 자신의 뜻대로 이끌어 갈 힘도 의지도
없게 되었던 것이다. 그런데 바로 그때, 백석이 그 험한 절
망감에 빠져있을 때, '갈매나무'라는 것이 한 줄기 빛처럼
찾아왔다. 시는 이렇게 이어졌다.

이것들보다 더 크고, 높은 것이 있어서, 나를 마음대로
굴려 가는 것을 생각하는 것인데,
이렇게 하여 여러 날이 지나는 동안에,
내 어지러운 마음에는 슬픔이며, 한탄이며, 가라앉을
것은 차츰 앙금이 되어 가라앉고,
외로운 생각만이 드는 때쯤 해서는,
더러 나줏손68에 쌀랑쌀랑 싸락눈이 와서 문창을

치기도 하는 때도 있는데,

　나는 이런 저녁에는 화로를 더욱 다가 끼며, 무릎을 꿇어 보며,

　어니 먼 산 뒷옆에 바우섶69에 따로 외로이 서서,

　어두워 오는데 하이야니 눈을 맞을, 그 마른 잎새에는,

　쌀랑쌀랑 소리도 나며 눈을 맞을,

　그 드물다는 굳고 정한70 갈매나무71라는 나무를 생각하는 것이었다.

　남신의주 역에 내려서 '남신의주유동박시봉방'이라는 자신의 시를 기억에서 불러낸 백석은 다시 기차에 오를 수가 있었다. 기차 안에서 백석은 내내 이 시를 생각했다. 삶이 내 뜻대로, 내 힘대로 되는 것은 아니지만, 나를 이끌어가는 것이, 나보다 더 크고 높은 것이 무엇인지는 모르겠지만, 그 굳고 정한 갈매나무처럼, 추우면 추운 대로, 싸락눈

이 내리면 싸락눈을 맞으며, 그렇게 살아가리라.

백석은 마침내 고향 정주에 도착했다.

고향에 돌아와서 백석이 몸과 마음을 추스르고 있을 때였다. 백석이 오산 고보를 다니던 시절부터 우러러보며 존경하던 고당 조만식 선생으로부터, 백석에게 평양으로 올라와달라는 전갈이 왔다.

그때 백석은 팔원 여행 중 주막집에서 꾸었던 꿈이 생각났다. 아직은 밝히지 않고 살아 있는 그 새끼 거미가 생각났다.

***

몇 년 후, 남조선, 대한민국 서울 종로에 있는 어느 술자리에서 시인, 소설가, 평론가들 사이에 이런 말들이 오가고 있었다.

"백석 시인 어떻게 되었는지 아는가?"

"몰라, 모르겠어. 남한에서 보이지 않는 것으로 보면 월남하지 않은 것은 분명한 것 같은데."

"들려오는 말에 의하면 고당 조만식 선생 곁에서 러시아어 통역을 하고 있다고는 하네만."

"통역뿐만이 아니라 러시아 문학을 우리말로 번역하는 일에도 열심인 것 같다고 들었네."

"그렇지만 백석 시인은 시를 써야 하는 사람 아닌가? 번역도 물론 우리 한반도의 문학적 발전을 위해서는 좋은 일이기는 하지만, 그래도 그런 천재적인 시인이라면 마땅히 시를 써야 하지 않겠는가."

"그래, 정말 대단한 시를 쓰는 시인이었어."

"그렇지. 죽어가는 평안도 사투리를 살려서 우리 민족의 정감이나, 정한이나, 민족적 영혼 같은 것을 드러내는 시를 썼지."

"그뿐인가, '흰 바람벽이 있어' 같은 시에서는 인간의 근원적인 아픔을 담고 있으면서도 사람으로서, 시인으로서 어떻게 세상을 바라봐야 하는지를 드러내는 참으로 고고한 내용을 보여주지 않았는가."

"그것도 그렇지만, 그보다도 나는 '북방에서'라는 시를 읽고 놀라움을 금치 못하였다네. 시라는 짧은 형식 속에서 어떻게 그런 웅대하면서도 섬세한 우리 민족의 역사를 그려낼 수 있단 말인가. 나는 그 시에서 민족 정서를 밑바닥에서부터 훑고 올라오는 자책과 반성을 넘어 인간 본연의 의미 같은 것을 느낄 수 있었네."

"나는 '조당에서'라는 시를 읽고 백석 시인의 깊이에 감탄했다네. 그 시는 단순히 민족적 한계를 뛰어넘는 시각을 보여준 것 같아서 몇 차례 반복해서 읽으면서 몹시 흥분을 했다네. 사실 무슨 무슨 이념이라든가 무슨 무슨 사상이라는 것들이 서로 부딪히고 다투는 과정 속에서, 사회적인 불화도 생기고, 정치적인 파벌도 생기고, 문화적인 반감도 생기는 것 아닌가. 그런데 그 시는 이 모든 바람직스럽지 못한 경우들을 극복할 수 있는 근거를 보여주고 있다는 생각이 든단 말일세."

"그래, 나도 그 시를 읽고 많은 생각을 했다네. 목욕탕에서 아무 숨김도 없이, 부끄러움도 없이, 있는 그대로의 모습으로 발가벗고 있는 여러 민족들이 보였다네. 잘난 이도 못난이도 없이, 강자도 약자도 없이, 그렇게들 홀랑 벗고 있는 모습에서 나는 인류의 평화를 보는 듯도 했네."

"그런데 옷만 입으면, 순수한 본연의 모습을 감추고 자신의 욕심을 드러내려고만 하면, 문제가 발생하는 거지."

"그래서 지금 우리 한반도가 이 모양 이 꼴이 아닌가. 자유주의와 사회주의, 자본주의와 공산주의라는 이념들 때문에 반 토막으로 분단되어 있지 않은가 말일세."

"참으로 한심한 노릇이지. 그나저나 백석 시인은 북한에서도 여전히 시를 쓰겠지?"

"쓰겠지. 아니 백석 시인은 시를 꼭 써야 할 사람이네. 그는 아마 우리나라의 문학을 대표할 위대한 시를 쓸 것이네."

"그렇겠지? 북한에서는 사상적인 검열이 심하다고 하는데, 그래도 그가 시를 쓸 수 있겠지?"

"아무리 그래도 백석 시의 대단함을 그쪽에서도 다 알고 있을 텐데, 설마 그에게 시를 쓰지 못하게야 하겠는가."

"그래, 그럴 거야. 그가 시를 계속해서 쓰기만 한다면 그는 분명 세계적인 시인이 될 것이야."

"그랬으면 참 좋겠네. 그래서 그의 멋진 작품들을 볼 수 있으면 정말 좋겠네."

"자, 그럼 우리 백석 시인을 위하여 건배들 하세. 잔을 가득 가득 채워서 높이 드시게."

"시인 백석과 그의 시를 위하여!"

"위하여!"

소설 백석 해설

이 소설은 1980년대 후반에서야 비로소 본격적으로 알
려지기 시작했으면서도, 민족적이면서 세계적인 혹은 천재
적 시인이라고도 일컬어지는 시인 백석에 대한 이야기다.

그는 일제 식민 시대의 암흑기라는 참담한 시기를 통과
하면서 민족의식을 놓치지 않기 위하여 악전고투하였으며,
인류주의적인 시를 쓰기 위하여 뼈를 깎는 고통을 참아내
야 했다. 이 소설의 시대적 배경은 백석의 시 창작 활동이
왕성했던 1940년대를 전후로 하고 있다.

시인 백석은 1939년 10월 말 평북 지방으로 여행을 떠
난다. 먼저 평북 팔원의 어느 주막에 머물게 된 백석은 그
주인으로부터 이곳의 독립운동 이야기를 듣고 가슴 아파한
다. 그는 잠을 이루지 못하며 어릴 적 명절날의 풍경을 기
억해내고는 그 시절을 그리워한다. 그는 이때 반드시 '조선
적인 시'를 쓰리라 다짐한다.

다음 날, 소월의 '진달래꽃'으로 유명한 영변의 약산에 도

착한 백석은 옛 연인인 '란'을 떠올린다. 친구 신현중에 의해 소개받은 '란'은 백석의 이상적인 여인상이었으나, 그녀를 소개시켜준 바로 그 신현중과 '란'과의 결혼으로 깊은 배신감과 인간에 대한 절망감에 빠져버린다. 그때 그는 '바다'라는 시를 썼던 것을 회고한다.

다음 행선지인 북신행 기차 안에서 백석은 현재의 연인 '자야'를 생각하면서 '나와 나타샤와 흰 당나귀'라는 시를 떠올린다. 그와 함께 백석은 유명한 조선 문학인들의 친일 행각에 대하여 생각하면서 좌절감과 분노를 느끼고 참담해한다.

북신에 도착하여 백석은 놀라운 장면을 목격한다. 동네 사람들 수십 명이 함께 어울려 마당에 돼지를 잡아놓고 서로를 격려해주면서 온정을 나누고 있는 장면이었다. 이들을 보고 백석은 그 전에 썼던 시 '모닥불'과 조선 민족의 기개와 지혜 등을 생각하며, 그가 생각하는 '조선적인 것'의 의미를 다시 한번 확인하면서 시 '북신'을 쓴다.

여행에서 돌아와 경성에 도착한 백석은 생각보다 상황이 급박하게 악화되고 있는 조선을 떠나 만주 신경으로 향한다. 신경에서의 그의 생활은 참으로 가혹한 것이었다. 그는 만주 지역을 떠돌면서 조선 민족의 역사와 인간의 근원적인 슬픔을 담은 북방에서'라는 시를 쓴다. 그는 밭을 하나 빌려서 농사를 지어보기로 결심도 하는데, 이때 그는 '조당에서'라는 시를 쓴다.

농사마저 실패한 백석은 엄청난 실의에 빠진다. 이때 친구의 제안으로 그토록 치욕스럽게 여겼던 창씨개명을 한 후, 압록강 북쪽에 있는 안둥의 세관원 일을 하게 된다. 그러나 창씨개명을 했다는 이 치욕으로 인해 백석은 모든 삶의 의욕과 시 쓸 힘마저 잃게 된다. 이후 그는 4~5년간 종적을 감춘다.

해방을 맞았지만, 백석은 조선의 독립을 위해 아무런 보탬도 되지 못했다는 자책감으로 쉽게 귀국하지 못한다. 그렇지만 그는 조선에 대한 그리움을 이기지 못해 결국 귀국하게 되고, 기차를 타고 귀향하다가 남신의주 역에서 내려, 그가 썼던 '남신의주유동박시봉방'을 생각해내고는 다시 힘을 얻는다.

고향 정주에 돌아와 몸과 마음을 추스르고 있을 때, 평양에 있던 조당 조만식 선생으로부터 도와달라는 연락이 온다.

그로부터 몇 년 후, 대한민국 종로 어느 술자리에 모인 문학인들이 이 천재적인 시인이 북한에서도 계속 시를 쓸 수 있기를, 그래서 그의 시가 세계적인 시가 되기를 염원하면서, 건배 소리를 드높이 외친다.

백석은 평안북도 정주 출신의 시인이었다. 그는 한반도가 남과 북으로 분단되는 시기에 그의 고향에 있었다. 대한민국이 분단되기 이전부터 지금의 서울인 경성에서 문학활동을 하였으나, 그의 고향이 북한이고 북에서 남으로 월남하지 않았다는 이유로 그의 시는 1980년대 말까지 남한에서 읽혀질 수 없었다.

이 소설은 중일 전쟁과 태평양 전쟁을 일으킨 일제의 조선 식민 통치가 그악스럽게 진행되던 시기를 배경으로 하여, 식민 통치에 저항하면서 민족의식과 시 쓰기를 함께 지켜나가려는 시인 백석의 고군분투를 그리고 있다. 특히, 그의 시 쓰기의 목표인 '조선적인 것'에 대한 집념은 소설 곳곳에 등장하는 그의 시들 속에 고스란히 드러나 있다.

소설은 백석이 일제 식민 통치의 간악함을 벗어날 수 있는 돌파구와 그의 연인인 '자야'와의 갈등을 타개할 방법을 찾기 위한 여행으로 시작된다.

이 여행을 하면서 백석은 여행 중에 마주치게 되는 풍경과 사건들을 통해 어린 시절에 겪었던 체험들과 과거에 썼던 시들을 회상하게 된다. 그러면서 백석은 그가 앞으로 선택하게 될 일들에 대하여 큰 힘을 얻게 된다. 이후 그는 만주의 신경 생활을 거쳐 고향으로 돌아오게 된다.

그러니까 이 소설은 1939년도를 현재로 하여 그 이전의 과거를 회고하면서 다시 현재로 돌아오는 시제 패턴을 그리고 있다.

또한 이 소설은 주인공의 삶의 여정을 여행 여정과 일치시키는 기행 소설적 측면도 지니고 있다. '경성에서-통영-함흥-팔원-약산-구장-북신-경성-만주-정주로'의 여정이 그것이다. 그는 이 여정을 통해 '조선적인 것'이라는 시 내용의 테두리와 한계를 벗어나 세계적이고 인류주의적인 시의 확장을 획득하게 된다.

소설의 배경이 되는 시기에 일본 제국주의는 조선의 청년들을 강제로 징용과 징병을 하고, 창씨개명을 강요하였다. 또한 조선 총독부는 여자 정신대 근무령을 공포함으로써, 조선의 젊은 처녀들을 납치하여 일본군의 성노예로 삼는 야만적 행위를 자행하였다.

여기에 아무런 민족의식도 없고 인간의 기본적인 양식도 없는 조선의 친일 문학인들은 일제와 발을 맞추어 일본 천황을 위한 징용과 징병을 종용하는 매국적 행동을 하고 있었다. 이러한 상황은 시인 백석의 마음을 한없이 고통스럽게 하는 것이었다.

그는 자연과 생명과 인간을 사랑하는 시인이었다. 그는 어떤 사람이 다른 사람을, 어떤 민족이 다른 민족을 압박하고 착취하는 상황과 이유를 이해할 수 없었고 이해하고 싶지도 않은 사람이었다.

이 소설은 시인 백석의 삶의 자세를 드러내 보임으로써 사람이 자연과 생명과 또 다른 사람을 어떻게 대해야 하는지를 일깨워준다.

또한 우리는 시인 백석의 삶의 모습을 통해 시인의 감성이나, 시인이 시를 창작하게 되는 계기나, 시인에게 있어서의 시의 의미 등도 알게 된다. 물론 시를 읽고 감상하는 독자들이 어떻게 시를 대해야 하는지도 짐작하게 해준다.

백석의 시들은 평북 방언이나 고어들의 빈번한 등장으로 인해 쉽게 읽히지 않는다는 평가를 받는다. 그러나 이 소설은 그의 시들이 쓰인 배경이나 시 창작 당시의 시인의 감성 및 체험 등을 제시하고 있어서 그의 시들에 대한 이해력을 한껏 높여주고 있다.

시인 백석은 현재 대한민국에서 몇 손가락 안에 꼽히는 위대한 시인으로 평가받고 있다.

<백석 연보>

1912년 7월 1일   평안북도 정주군 갈산면 익성동에서 부
               친 백시박(白時璞)과 모친 이봉우(李鳳宇)
               의 장남으로 태어남. 부친은 한국 사진계
               의 초기적인 인물로 〈조선일보〉의 사진 반
               장을 지냈으나, 퇴임 후에는 귀향하여 정
               주에서 하숙을 침.
1918년(7세)   오산소학교에 입학
1924년(13세)   오산학교에 입학. 재학 시절 오산학교의
               선배 시인인 김소월을 매우 선망했으며,
               문학과 불교에 깊은 관심을 가짐.
1929년(18세)   오산 고등보통학교 졸업하다.
1930년(19세)   조선일보의 작품 공모에 단편 소설 「그 모
               (母)와 아들」 당선. 3월에 조선일보사 후원
               장학생 선발에 뽑혀 일본으로 유학. 도쿄
               아오야마[靑山] 학원 영어 사범과에 입학하

여 영문학 전공.

1934년(23세) 아오야마 학원을 졸업. 귀국 후 조선일보
사에 입사하면서 본격적인 경성 생활을 시
작. 출판부 일을 보면서 계열 잡지인 〈여성
(女性)〉지의 편집을 맡음. 이때부터 신현
중, 허준과 자주 어울려 다님.

1935년(24세) 8월 31일 시「정주성(定州城)」을 조선일보
에 발표하면서 시 창작에 더욱 정진함. 6
월의 어느 날, 친구 허준의 결혼식 피로연
에서 평생 구원의 여인으로 남을 '란(蘭)'이
라는 여인을 만나게 됨. 당시 이화고 학생
이었던 통영 출신의 란은 백석의 마음을
온통 휘어잡음.

1936년(25세) 1월 20일 시집『사슴』을 선광인쇄 주식회
사에서 200부 한정판으로 발간. 1월 29일
서울 태서관(太西館)에서 출판기념회를 갖
는데, 이 출판기념회의 발기인은 안석영,
함대훈, 홍기문, 김규택, 이원조, 이갑섭,
문동표, 김해균, 신현중, 허준, 김기림 등
11인. 같은 해 4월에 조선일보사를 사직하

고 함경남도 함흥 영생 고보의 영어 교사로 옮겨감. 이 무렵, 함흥에 와 있던 조선 권번 출신의 기생 김진향을 만나서 사랑에 빠지고, 그녀에게 '자야(子夜)'라는 아호를 지어 줌.

1937년(26세)   영생 고보 교사로 재직하면서 러시아인이 경영하는 상점에 나가 러시아말을 배움. 고향에서 결혼하라는 독촉을 받고 혼례식을 했으나 초례만 치른 후, 다시 함흥의 자야에게 돌아옴. 그러나 자야는 이 사실을 알고 혼자 서울로 떠남.

1939년(28세)   1월 26일 조선일보에 재입사. 10월 21일 조선일보를 다시 사임. 그러고는 고향 근처의 평안북도를 여행함. 백석은 친구 허준과 정현웅에게 "만주라는 넓은 벌판에 가 시 백 편을 가지고 오리라"는 다짐을 하고 만주로 향함.

1940년(29세)   만주의 신징[新京, 지금의 長春]으로 옮겨가서 만주국 국무원 경제부에서 6개월가량 근무하다가 창씨개명 강요로 곧 사직하고, 북만주의 산간 오지를 기행.

1941년(30세) 생계유지를 위해 측량 보조원, 측량 서기,
중국인 토지의 소작인 생활까지 하면서 고
생함.

1942년(31세) 만주의 안둥 세관에서 잠시 근무.

1945년(34세) 고향 정주로 돌아와 있다가 조만식의 러시
아어 통역 비서로 일하기 위해 평양으로
감. 12월 29일, 열네 살 아래 리윤희와 평
양에서 결혼식을 올림.

1947년(36세) 러시아 문학 작품 번역에 매진.

1956년(45세) '동화시'들을 발표.

1996년(85세) 양강도 삼수군 관평리에서 사망.

◀ 일본 아오야마 학원 유학 시절
의 백석

신현중과 박경련의 ▶
결혼 직후 사진

▲ 함흥의 영생 고보에서 영어 수업을 하고 있는 백석

〈소설 백석을 전후한 한국사 연보〉

1929년 원산 총파업, 광주 학생 운동.

1939년 〈정치적 측면〉 식민지 조선은 일본 상품의 소비처
로 군수 물자를 생산하고 조달하는 병참 기지 역
할을 담당, 일본은 중일 전쟁을 일으킨 뒤 부족한
자원을 메우고자 수많은 한국인을 군인으로, 노동
자로, 심지어는 일본군 위안부로 침략 전쟁에 동
원, 조선 총독부는 연초부터 '조선 징발령 세칙'을
공포하여 시행, 국민 징용이 공포되어 청장년들이
지원병, 징용, 보국대, 근로 동원, 정신대 이름으로
전쟁터에 끌려감.

〈사회적 측면〉 총독부는 중일 전쟁의 장기화로 각
종 물자가 부족하자, 못, 철사, 철판들을 배급 통제
하고, 쌀을 군량미로 쓰고자 하루 한 끼 죽 먹기
운동을 벌임, 총독부는 조선국방부인회를 만들고,
유림들은 조선유도연합(朝鮮儒道聯合)을 결성하여
국민정신 총동원 운동을 할 것을 결의.

〈문화적 측면〉 전시 총동원 체제 아래, 김동인, 박

영희, 임학수 등이 친일 단체인 황국 위문 작가단(皇軍慰問作家團) 발족, 학생들의 교복은 국방색으로 통일됨. 일제가 내세운 '영미귀축(英美鬼畜)'이라는 배영 분위기로 전문학교와 고등학교 입학시험에서 영어 과목이 철폐됨. 총독부는 조선일보와 동아일보에 자진 폐간을 요구, 이 무렵 전조선 도시 대항 축구 대회의 열기가 전국을 휩쓺. 축구는 일제 강점기에 한국인 가슴에 쌓인 울분을 풀어주는 청량제였음. 친일 단체 활군위문작가단 발족, 조선문인협회 결성.

1940년 〈정치적 측면〉 일본은 '동조동근론(同祖同根論)'을 펼치면서 '내선일체(內鮮一體)', '황국신민화(皇國臣民化)' 교육을 통해 한국인의 정체성 말살에 혈안이 됨. 그 방안으로 창씨개명(創氏改名)을 실시해서 한국인의 성과 이름을 일본식으로 바꾸게 함. 〈사회적 측면〉 경성부에서 식량 배급 조합을 결성하고 설탕 등 기타 생활품도 통제를 받게 함. 총독부에서는 학생들의 만주와 중국 여행을 금지하고, 학생 근로대를 조직하여 근로 봉사를 하게 함. 2월부터 시작된 창씨개명 등록은 9월에 신고자 가구가 320만 호(약 80퍼센트)에 이름.

〈문화적 측면〉 조선일보와 동아일보 폐간. 조선어
학회가 한글맞춤법 통일안에 이어 외국어 표기법
통일안을 발표함. 총독부의 국민복령 공포 이후 여
성들의 '몸뻬(왜바지)가 대대적으로 보급되기 시작
됨. 이광수가 〈창씨와 나〉를 매일신보에 발표.

1945년 8·15광복, 건국준비위원회 발족, 미·소 군정 실시,
조선 인민 공화국 수립, 군정청 설치.

1950년 한국 전쟁(6·25 전쟁).